科幻星系丛书

发光的尘埃

彭柳蓉　著

中国科学技术出版社
·北　京·

图书在版编目（CIP）数据

发光的尘埃 / 彭柳蓉著 . -- 北京：中国科学技术出版社，2021.10

（科幻星系丛书）

ISBN 978-7-5046-9135-4

Ⅰ. ①发… Ⅱ. ①彭… Ⅲ. ①幻想小说—小说集—中国—当代 Ⅳ. ① I247.5

中国版本图书馆 CIP 数据核字（2021）第 157898 号

策划编辑	王卫英
责任编辑	刘　今
封面设计	北京中科星河文化传媒有限公司
正文设计	中文天地
责任校对	张晓莉
责任印制	徐　飞

出　　版	中国科学技术出版社
发　　行	中国科学技术出版社有限公司发行部
地　　址	北京市海淀区中关村南大街16号
邮　　编	100081
发行电话	010-62173865
传　　真	010-62173081
网　　址	http://www.cspbooks.com.cn

开　　本	720mm × 1000mm　1/16
字　　数	185千字
印　　张	15.25
版　　次	2021年10月第1版
印　　次	2021年10月第1次印刷
印　　刷	北京盛通印刷股份有限公司
书　　号	ISBN 978-7-5046-9135-4 / I · 61
定　　价	36.00元

培育，见证与传播

当21世纪进入20年代，以智能手机、智慧家电、高铁、5G等为代表的先进科技，渗透进社会的方方面面，融入日常生活，变得触手可及。大众的视野，随着科学家们开拓进取的脚步，或眺望150亿光年外的星辰，或探究纳米级尺度上材料的性质和应用，产生了无数关于未来的奇思妙想。曾有人说，农耕时代，武侠是成人的童话；那么在当今科技推动社会高速发展的时代，科幻就是成人的童话。每一个成年人都不由得会去幻想未来，想象科技高速发展可能带来的社会的变化，生活的变化，个人的变化，而将这些变化诉之笔端，将种种可能的未来用文字展现在我们眼前的，正是科幻作家。

这个时代，呼唤更多更好的科幻作家。

于是，由中国科学技术协会科普部支持，中国科学技术出版社有限公司、中国科普作家协会科幻创作研究基地承担的青年科幻作家创作和出版培育项目应运而生。这一项目的目的，就是为青年科幻作家提供更多更好的写作条件，从而促进他们创作出更多优秀作品，进而成长为像刘慈欣那样的科幻大家。

这些青年科幻作家散居于全国各地，有着文学梦想，关注科学前沿的每一点拓展，他们以科幻作品的形式表达对科技的思考，对人类未来命运的关注。他们的思维中闪耀着科幻的晶光，只需一个电子的触动，便生长出幻想的光波。

项目希望通过学术研讨会、经验交流活动、短期采风等多种形式，做那个触动的电子，召唤出作家心中的科幻光波，最终汇聚成宽广的光域，浸润每个触及者的心灵。

培育，是项目设立的初衷，通过线上线下结合的方式，搭建创作交流互鉴平台，鼓励青年科幻作家创作出更多更好体现中华文化精髓、传播当代中国价值观念、符合世界进步潮流的科幻精品，讲好人民群众的追梦故事，反映中国科学家精神，让大家的目光看到科技发展的最前沿，看到人类进步的最前沿，点燃他们的科学梦想。

通过培育，项目将见证一批青年科幻作家的成长，他们将拥有更多的机会出版自己的作品，拓展自己的创作领域和形式，树立个人的创作风格，最终成就自己，也为大众带来优秀的作品。

仅仅见证是不够的，项目还将充分利用中国科学技术协会和中国科学技术出版社有限公司的宣传渠道，将青年科幻作家的作品传播出去，让更多人接触到这些作品，触及作家的奇妙想象，从而受到思维的启迪，或者激发对科幻的兴趣。

为了更好地完成项目，项目第一期在全国范围内精心选拔出超过二十位青年科幻作家作为培育对象。这些作家年龄在四十五岁以内，写作或发表过三篇以上的科幻小说，至少有一篇作品获得过专业科幻奖项，如银河奖、星云奖等，似小荷才露尖尖角，只待伯乐发掘出他们的潜力。

目前，第一期项目的二十多位青年科幻作家也都创作出了精彩的作品。中国科学技术出版社有限公司首先出版了其中的四部，以便尽早将优秀作品呈现在大众面前。

这四部作品分别是阿缺的《忘忧草》，彭柳蓉的《发光的尘埃》，苏丹的《中间人》以及未末的《星际求职者》。这些作品的形式有长篇，有中短篇合集，内容涉及航天、生物、赛博朋克、宇宙文明等，题材丰富，构思巧妙，且有所创新。既有对当下社会现实的关怀，又有对人性在未知科幻情景中的剖析和检验。

小说的作者均为这些年来显示了一定实力，深具潜力的青年科幻作家。

阿缺是深度科幻迷，多次荣获全球华语科幻星云奖和中国科幻银河奖，目前发表出版字数过百万，著有《与机器人同行》《机器人间》《星海旅人》等作品。

彭柳蓉曾任科普和科幻杂志编辑，作品获得过全球华语科幻星云奖银奖，少儿星云奖金奖，"周庄杯"全国儿童文学短篇小说大赛二等奖。曾担任《科幻世界·少年版》与《科幻世界画刊·小牛顿》杂志执行副主编。少儿幻想小说《星愿大陆》系列畅销百万册，科幻小说《控虫师》已售出影视、游戏版权。

苏丹毕业于北京师范大学数学系，目前从事互联网技术工作。他的《中间人》和《十地》在豆瓣阅读征文大赛科幻组比赛中脱颖而出，令读者看到了程序员内心中刀光剑影的幻想天地。

未末毕业于广州美术学院美术教育专业，现为高中美术教师、平面设计师、青年科幻作家。未末热衷于符号学意象的推演，追求创作点子密集型和脑洞串烧型科幻作品。侧重世界观构建，对理念核心以及画面感、情节的准确把握，是未末在科幻创作中的优势。

项目还将继续推选青年科幻作家们的优秀作品，也欢迎有志于科幻作品创作的作家毛遂自荐，为中国原创科幻的繁荣兴旺贡献自己的力量。

凌晨

2021 年 9 月

目录

发光的尘埃

楔子

黑暗的楼道里，红漆在墙上写着大大的“拆”字。野猫沿着墙角飞蹿，像是要在天黑前就上路，赶赴梦境里说好的约会。无人的屋子深处，一张破旧木床的底下，奇异的声音传来，就像是来自另一个世界的信息。

“月尘呼叫云雀，月尘呼叫云雀……”声音似乎不需要电力提供能源，固执地在无人的房间里响着。

有着雨水痕迹的窗边，野草在花盆里茂密地生长，那是鸟儿带来的草籽。窗外宛如森林峡谷，只是没有巨树，取而代之的是一栋栋的高楼大厦。更远处，繁华城市的天际线沐浴在黄昏的阳光里，如众神的幻影。

拾荒者推开了虚掩的房门，将木床拆解，打算带回家，意外地发现了床底的一只木匣子。色调暗沉的木匣子有着简洁优雅的花纹，匣子的一角放着一块灰扑扑的、拳头大小的石头，像是某个孩子遗忘的童年藏宝箱。木匣子和它的石头开始了新的旅程，那是时光赋予它的使命。

第一章
月尘与云雀

从一片星海上俯瞰另一片星海，是顾望每天会做的事情。地月空间基地就是星光浮动的一片云。这片云呈现着几何对称的美，在距离地球三万千米的空间舒展着。

这星海在虚空之中如蜻蜓的纱翼，它的另外一片纱翼在月球上，莱布尼茨山脉下的环形坑深处。

蜂巢式的吸光板包裹着地月空间基地的一部分，提供着源源不断的能量。工作人员辛勤工作宛如工蜂。银白色的基地舰港里，巨量货物进进出出，这里是地球前往月球的中转站，也是全球一小时货物必达项目的组成部分。

十五岁的顾望是一名实习生，他刚刚结束在月球腾龙基地的进阶考试，即将在地月空间基地里度过三个月的实习期。他穿着深蓝色的基地制服，走在提供了自重力的基地一侧，就像挺拔的树，没人知道他内心的不平静。

顾望穿过长长的透明走廊。走廊之外，宇宙黑暗如梦，蓝色星球是梦境里的亮光所在。云在地球的某个角落里集结，形成席卷整个南美洲的风暴。这就是地月时代，2050年的世界。人类从地球延伸出文明的蔓藤，向着太空攀爬，将三十八万千米外的月球变成了文明的一部分。

顾望钻进布满吸光板的基地边缘地带。他从隐藏的暗格里拿出一只木质的匣子。匣子的一侧是一块拳头大小的陨石，另一侧是二手电子元件。他将银白色的连接桥搭上。匣子里传出模糊的女孩的声音："云雀呼叫月尘，云雀呼叫月尘……"

顾望略微紧张地扯了扯衣领，对匣子说："月尘收到。云雀，你上次问的数学题，我觉得可能需要当面解答。我们是不是应该见一面？"

女孩的声音清晰了一些，越发清脆可爱，"好。我们约在哪里见面？"

顾望摸了摸有着月球浮雕造型的银色袖扣："你定在哪里就在哪里。"

"你可以到西华中学来吗？"女孩说。

顾望迟疑地看着木匣子，"西华中学？你不在基地里？"复古无线电通信器的有效距离应该不足五十千米，在这浩瀚太空，女孩只可能是和他同在基地的人。

"基地？什么基地？"女孩好奇地问，"你是在什么秘密基地工作吗？如果需要保密，我就不追问了。"

顾望诧异地看着木匣子，"不用保密，我是空间站维修员，地月空间基地的普通实习生。你呢？"

女孩的声音很悦耳：“我就是西华中学的学生。地月空间基地是什么？”

顾望问：“你不知道地月空间基地？它已经修建了五年，在近月轨道。”

女孩疑惑地问：“现在天上飘着的只有才发射升空的天宫空间站啊！”

就那么一瞬间，顾望仿佛被冰冷的海水淹没。才发射升空的天宫空间站？他盯着木匣子，像是看着蜃景。

女孩笑了，“难道你是什么预备航天员？别开玩笑。”

顾望回答，“我在地月空间基地实习。有时需要去太空舱外手动维修。”一个人漂浮在太空里的感觉就像宿醉，听不到任何声音。

女孩的笑声悦耳，“你说的就像是真的一样。地月空间基地的概念刚刚提出，要过几十年才能真正实现呢。”

顾望只觉得喉咙干涩。上一次，云雀说，她在读书，正在图书馆后面的社团办公室寻找着无线电朋友。女孩声音清脆悦耳，不负“云雀”的代号。但是，这种无线电波根本不可能抵达三万千米以外的地月空间基地。他以为这是基地里某个女孩的恶作剧，和云雀有问有答，内心却深深觉得女孩古灵精怪。

顾望回想着女孩说的话，无比惊惧地发现，女孩是一个死在三十年前的幽魂。她使用落后的手机，不知道全球一小时达，谈论的是无线电兴趣小组，她的时代只有天宫空间站。问题在于，这幽魂是附着在木匣子上被带入地月空间基地了吗？不，作为唯物主义者，他不认为这个世界上有鬼魂这种不合理的存在。

顾望沉默了。

“咦，你怎么不说话？是信号又不好了吗？云雀呼叫月尘，云雀呼叫月尘……”清脆悦耳的声音在寂静的太空一隅回荡。顾望迟疑地看着，眼中是猜测与忧虑。他身后的窗外是黑暗的宇宙以及蔚蓝发光的星球。

2022年初夏。西华中学。

阳光明媚，万事万物都被黄昏淡金色的阳光笼罩着，荷塘里的锦鲤慢悠悠地钻到了荷叶下，偶尔吐出气泡。透明的气泡缓缓升至水面，就像露水凝结而成的珠宝，然后消散无踪。

林朔云坐在狭窄的社团活动室里，打开的窗户外就是那片开满荷花的池塘。

“云雀呼叫月尘，云雀呼叫月尘……怎么就联系不上了？”林朔云放弃呼叫，有些懊恼地瘫在椅子上。她使用的是一台从二手购物平台淘回来的复古手作无线电通信器。木匣子带着时光沉淀的味道，总让她觉得里面藏着一个孤单的魂灵。

林朔云有着乌云一般丰盈的长发，素白着脸，显得眉眼越发的黑。十五岁的她在西华中学读高一，在校园里褪去新生的皮不久，熟知图书馆书架的摆放方式和学校食堂的菜色。

将木匣子塞进背包里，林朔云骑着单车穿过校园。学校侧门外是梧桐树大道，两侧的树在道路上方形成绿色的穹顶，将日光过滤得柔和，初夏的风也带着微醺的香气。昏黄的阳光在林朔云的身上跳跃，赋予她近乎梦境一般的光辉。

就在她的单车穿过林荫道的拐弯处时，有那么一秒，整个景物似乎发生了滞后反应，卡顿住了。林朔云的脑海空白了一秒，她再度回过神来就看到迎面而来的电瓶车，快递员刹车不及时，直直地撞向了她。

千钧一发之际，林朔云的单车偏向一侧，险之又险地和快递员擦肩而过。她的手肘擦过快递员的衣袖，微微刺痛。林朔云稳住了单车，停在了路边。快递员的电瓶车冲进了道旁的灌木丛，他摔倒在地上，神色痛苦。

林朔云扶起戴着口罩的快递员，“你还好吧？”

年轻的快递员摆了摆手，“你没事就好。”

林朔云迟疑地打量着快递员，“你呢？小心点儿，别骑太快。”

快递员看着林朔云，过长的刘海遮住了他的眉眼，“别担心，我没事。你……也要注意安全，骑车慢一点。”

送走惊魂未定的快递员，林朔云骑车到公交站，看到的是远去的 101 路公交车的背影。她有些无奈地叹息，在公交站牌下站着，拿出书包里的参考书翻阅了起来。不到一分钟，远处传来了猛烈的爆炸声。

就在长街的尽头，101 路公交车冒着滚滚浓烟，因为突发事件停在了路中央。几分钟后，消防车和救护车呼啸着来到了现场。燃烧的公交车被泡沫包裹，空气里充满难闻的气味。林朔云呆呆地站在人群里，看着伤员们被抬上救护车，心中的震惊和害怕涌动着。这个黄昏被烟雾染上了灰暗之色。林朔云忍不住想，自己要是在那辆公交车上会怎样？如果她没和快递员碰撞后交谈，她应该会赶上那辆出事的 101 路公交车。

半小时后，有些失魂落魄的林朔云回到了家属区门口。这里是老旧的轴承厂家属区，十年来一直传说会拆迁，但拆迁这样的“好事”并未发生。

城市不断迭代更新，一如人类文明。以前热闹的轴承厂家属区变得晦暗寂静，只有红砖围墙下的丁香老树依然伸展着它暗绿色的枝条，小小的紫色花朵散发着浓烈的香气。

一代又一代的人住进来搬出去，六层高的水泥楼渐渐破败，电线老化，下水道散发着异味，卫生间的天花板时不时漏水，有时上厕所也需要打伞。这里不再是安稳舒适的驻扎地，而是被时代洪流抛弃的旧居。

林朔云在门口的流动三轮车上买了馒头，又在旁边的地摊上选了一些蔬菜，提着往家属区里走。家属区没有物业管理，全靠大叔大妈们自觉清扫。年久失修的红砖围墙已经有了缺口，昨天被一楼的张叔捡了块砖补上，灰扑扑的水泥像是某种伤口。

狭窄的水泥道路两旁，花园无人打理，杂草丛生。角落里，邻居开辟了小小的菜地，种一些葱和绿叶菜。唯有靠墙的丁香枝繁叶茂，小小的花朵吐露芬芳，在黄昏里被金色的阳光包裹，隽永美好。

林朔云的家在四楼，她轻捷地爬着楼梯，墙上是密密麻麻的电线，如蜿蜒的蔓藤。水泥台阶的边缘被磕磕碰碰得参差不齐。老式透气砖将阳光切割，破碎的阳光就这么照着掉漆的楼梯扶手。

林朔云掏出钥匙打开轻薄的防盗门，“妈，我回来了——”

家属区的房子是三十年前的旧格局，进门右手是卫生间，客厅狭小。老式木桌上摆放着电视机。电视机里播放着电视剧，剧中人正在撕心裂肺地念着台词。

躺椅上，林朔云的妈妈林眉正在打瞌睡。她血压低，总是昏昏欲睡，早早在轴承厂办理了病退手续，所得退休金仅够娘俩儿糊口。

林眉睁开双眼，拿起遥控器按了静音，“小云回来了。我这一不小心就睡了一下午。”林眉生林朔云时大出血，送到医院差点儿救不回来，脑垂体缺血性坏死，激素大乱，从此开始了漫长的更年期。

林朔云的声音轻快，“我去做饭。”她先摸了摸桌上的杯子。妈妈每天要喝的红参须枣皮枸杞水已经凉了。她拿起杯子去厨房加热，然后端给妈妈。这些年，好的人参蜂王浆太贵，好在吃红参须枣皮枸杞也能补气提血压。

林眉吃掉泡水后剩下的红参须枣皮枸杞，精神好了一些。她站在厨房门口看着忙碌的女儿的背影，心中欣慰。林朔云一直很懂事，学业也不需要她操心。

林朔云做了煎蛋汤，又从冰箱里拿肉做了土豆丝炒肉，从泡菜坛子里捞了红皮萝卜切碎放在小碟子里。电饭煲里的饭也快好了。

这是母女俩度过的一个日常的傍晚，和其他傍晚没什么区别。林朔云放在卧室的书包里，隐隐有淡蓝色的光在闪烁，无人看见。

晚上八点。烟蓝色的天空边缘，月亮挂在树梢。林朔云安静地写着作业，注意力却无法完全集中。她的脑海里不时闪过在道路中央燃烧的公交车，仿佛能感觉到火焰烧灼手臂的痛苦。

林朔云放下笔，环抱着自己的手臂，灼热疼痛的幻觉一闪即逝。

她想自己是被吓到了。她没有告诉妈妈自己在黄昏时看到的意外，怕她担忧。以前从新闻报道里看到的事故隔着屏幕没有真实感，黄昏目击意外事故的发生，感受截然不同。

林朔云望向窗外。这城市的初夏之夜分外静美，家属区星星点点的灯光让人倍觉温暖。远处的摩天大楼外侧，霓虹灯闪烁。

她想起了月尘。月尘说他在地月空间基地实习。这个世界并没有什么地月空间基地，月尘真爱开玩笑。无线电通信器让她在茫茫人海里打捞起了一个陌生人，隔着电波，反而能够想说什么就说什么。

2050 年。地月空间基地。

顾望在巨大的舷窗前注视着蓝色星球，半空中回旋着下雨声和隐约的雷声。这种音乐能安抚人的情绪。自地月经济带建成以来，地球与月球之间的航班越来越密集，地月心理症也成了被许多人熟知的病症。长期待在太空之中，人的心理会发生微妙的变化，有的人渐渐惧怕黑暗的宇宙，甚至有的人得了孤独症。

左腕上的通信器响了响。

顾望看到是父亲顾宁涛的来电，迟疑了几秒，还是接通了影像通信。顾宁涛的身影出现在顾望面前，声音和往常一样淡漠。

“顾望，三个月的实习结束后，我希望你回家一趟。”顾宁涛说。他凝视着儿子顾望，顾望酷似他的母亲，清秀而沉默。因为昔日的变故，顾望和家里的关系并不密切。

“有什么事吗？”顾望平静地问。

“没事就不回家？”顾宁涛按捺住心底的怒气。

“我回天京，有些人不一定高兴。”顾望略带讽刺地笑笑。

“胡说。”顾宁涛不喜欢儿子尖锐的一面。

“我还有事，就不多说了。”顾望终止了通话。顾宁涛的影像化为飞舞的萤火消失在半空中。

顾望静静地站在原地，蓝色星球是他的家乡，天京已经变成一个往上生长的国际都市，但他珍视的人都已经先后离去，只留下日渐模糊的回忆。

就在这个时候，整个地月空间基地晃动了起来！警报响彻宿舍。

“第一波冲击即将到来！8、7、6——”

顾望按了墙壁上的应急按钮，卵形安全舱弹出。

“5、4、3——”

顾望用极快的速度坐进安全舱，系好安全带。透明的圆弧盖滑下，将他包裹。

“2、1——”

黑暗的宇宙里，一群光点亮了起来。那是金属碎片冲击基地产生的现象。虽然地月空间基地已经调整速度和姿态避开了绝大多数陨石雨，但陨石雨击碎老旧废弃人造卫星后产生的金属碎片偶尔还是会对基地产生冲击。

没有人注意到，金属碎片里夹杂着一颗不起眼的蜂窝状陨石，这颗陨石冲进了地月空间基地太阳能板的缝隙。它自宇宙的深渊而来，掠过太阳系边缘的碎冰地带，在漫长的时光之后终于抵达了月亮附近。

陨石撞击在太阳能板上，四分五裂。一粒光点穿过层层叠叠的地月空间基地，仿佛被什么吸引，径直冲进了顾望的安全舱！

原本闭目等待冲击结束的顾望只觉得额头一阵刺痛，四周的一切就这么静止了！

没有呼吸，没有心跳，时间静止，万物凝固。

第二章
白银时代

2022年。

林朔云是在雨声里醒来的，她的梦境里也在下雨。天色昏暗，这样的早晨与黑夜没什么区别。路灯亮着，光线里是纷飞的雨丝，那些常见的飞蛾不见了。

安静地洗漱后，林朔云娴熟地将老旧冰箱里的馒头蒸上，用高压锅煮粥，将昨天傍晚买的绿叶菜拿了一部分洗干净切碎，打算等会儿混合在粥里。她做完家事，就着雨声翻开英语书默记英文单词。

手机振动。林朔云看了看时间，悄无声息地推开妈妈卧室的门，发现她还在睡。林朔云不忍心叫醒妈妈，就掩上了门。

十五分钟后，林朔云撑着雨伞走出了轴承厂家属区。101路公交车在早高峰是没有空座位的，非常拥挤。林朔云抓住扶手，默默地背着数学公式，抓紧每一分钟。

西华中学是本地的一流中学，火箭班高考一本率百分之百，考入清华北大的学长学姐们却并不一定都能进入光荣榜。西华中学光荣榜是省高考状元的归属。所以，能进入西华中学的学生都已经经过了一轮轮残酷的选拔竞争。

林朔云希望自己能进入火箭班。火箭班期末考总分最后三名会直接掉到普通班。普通班期末考前三名能直接进入火箭班。逆水行舟，不进则退。林朔云没钱补课，靠着蹭网课刷试卷，上次月考进入了年级第三，她觉得自己拼一拼还是有望进入火箭班的。

高一的教室在一楼。雨水蒸腾，早自习还没开始，地上是湿漉漉的脚印。林朔云走进教室，一眼看到了站在窗边观雨的韩斐，一个强有力的竞争对手。

韩斐冷淡安静，入学后就拒绝了班主任给他的班长一职。他说，他不喜欢管理任何人，不喜欢麻烦。韩斐的眼睛是眼梢微微上扬的丹凤眼，他看着人的时候，即使目光冷冽，也让人觉得他分外专注。

林朔云在自己的座位上坐下，拿出作业本交给课代表们。同桌妍妍对她说："今天韩学神似乎有心事。"

林朔云低声回答："他有没有心事我不知道，但我觉得你有事。"

妍妍问："我有什么事？"

林朔云微微一笑，"你关注韩学神太多，考试成绩会退步。"

妍妍不以为然，"韩学神的存在就是激励我刻苦学习。"

林朔云看了看韩斐的侧影，不得不承认韩学神的身影确实值得看一眼。韩斐有着精致的眉眼，他的校服总是整洁平整，气质冷淡却不高傲。似乎感觉到林朔云的视线，韩斐侧过头看了过来。林朔云愣了愣，垂下眼帘。

清晨第一节课从数学考试开始。每个人都安静地演算着考题，教室仿佛养蚕室，笔尖在纸上滑动的沙沙声隐约可闻。

林朔云做题速度极快，有些题在脑海里过一遍，不用得出精确结论，看选项就能找出正确答案。她喜欢这样单纯的事情，不用考虑生活的琐碎和为难。

教室黑板右侧的墙上，挂钟上的分针在移动，刹那之间，它停住了。沙沙声消失了。

林朔云隐约觉得哪里不对劲，她抬起头，看到数学老师站在讲台一侧看表，凝固如雕像。她环顾四周，心中不寒而栗。所有的同学都变成了电影里的一帧画面，静止，沉默。

她的左侧，妍妍拿着笔，手悬在半空中，似乎正在思考某道难题，一动不动，没有呼吸，眼珠凝固。

林朔云没有触碰任何人，跑出教室，发现操场上一切如常。老校工在擦拭单杠。寂静的校园里，树叶在风里微微摇晃，淡金色的阳光穿过层层叠叠的树叶，是这颗星球永恒的光之所在。

所以，异常的只是教室里的空间吗？林朔云想。她回到教室，依然是静止的画面。她坐回座位，闭上眼，再睁开眼。当她第三次这么做的时候，沙沙声回来了。

数学老师提醒林朔云："考试时不要左顾右盼。"她完全不知道自己曾经化身为雕像。

林朔云低下头拿着笔，却无法继续做题。她不明白这一分钟里发生的事情是怎么回事，这超出了她的认知范畴，让她怀疑自己昨晚睡眠不佳，以致考试中产生了幻觉。

垂头丧气的林朔云看了看墙上的挂钟，咬牙切齿地继续做题。即使世界毁灭在即，她也要做题。这就是西华中学学生的觉悟。只是，她的速度明显慢了下来。她总是不由自主地想到教室里万物静止的画面，仿佛自己的人生都变得虚幻了起来。

数学考试结束后，林朔云神不守舍地坐在座位上。她本能地觉得惶恐。她的选项只有两个，自己产生了幻觉，又或者这个世界出现了漏洞。她不能生病，因为妈妈还需要她照顾，她得顺顺利利地活下去。如果这个世界本身出现了漏洞，那么会不会她眼前的一切都是梦境的一部分，她并没有从梦中真正醒来。

林朔云捂住眼睛，低声哀叫。

妍妍捂着脸哀号："我最后一道大题没做，我完了！"

两个人抱在一起，都快要流泪了。

后排的江建嘲笑她们："'戏精'们请继续表演。我两道大题没写完都没叫！"

林朔云叹息。她的苦恼，她的凡人朋友们根本不懂。

妍妍低声说："数学老师太狠了！太狠了！"

林朔云看了看韩斐的侧影。他的神色平静从容。他是不是和其他人一样，都没察觉到教室里曾经出现的异样？林朔云陷入了深深的自我怀疑，似乎诡异的事件是从她和她的无线电朋友月尘结束通话后开始的。

2050 年。地月空间基地。

冲击过去后，基地一片死寂。顾望从梦境的边缘回到现实，只觉得有轻微的头疼。安全舱扫描了他的身体数据，自动开启。顾望离开安全舱，发现身体轻盈了许多。显而易见，基地将这个区域的重力系数进行了保护性调整。

顾望已经熟悉了地月空间基地不时的重力变化。他轻盈地跃过整个房间，打开了门，鸟儿一般跃向半空，抓住了通往鸟巢的爬架。洁白的爬架就像往上延伸的天梯。

不少人出现在长廊，抓着爬架往上攀爬。重力系数调整后，人们轻盈如燕，不一会儿就抵达了鸟巢。鸟巢是基地的空中花园，高高的圆形穹顶有淡金色的日光落下，植物在巨大透明的钟形罩里伸展着枝条。这里的重力大约只有地球的六分之一。所以，人们可以跳跃到半空，舒展四肢，像鸟儿一样飞翔，穿过半空中的金属圆环。

顾望站在一棵蜡梅树旁，闻到了蜡梅的香气，淡雅隽永，是他幼时对母亲以及雪天的记忆。天京每年都会下雪，幼时的他和母亲总是会去院子里将积雪堆成雪人。庭院里的蜡梅裹着细碎的雪，依然顽强地活着，和身体不好的母亲一样。母亲去世后不久，父亲重新组织家庭，他渐渐变成了多余的人。

蜡梅开了许久了，一些枝条上的花瓣微微发皱，色泽也没那么鲜亮。顾望隔着玻璃罩看着花儿们。他的手无意间按在玻璃罩上，奇怪的事情发生了。原本干枯的花朵精神了起来，从即将枯萎变成了花苞的模样。

这肉眼可见的变化让顾望惊讶。与此同时，他感觉到是自己右手释放出的微弱的、古怪的力量造成了蜡梅花朵的变化。顾望握紧了右手，倒退了一步。他环顾四周，不少工作人员在鸟巢里漫步，沐浴日光，感受带着花香的风。

顾望低头看着自己的手，他再度感觉到了那股古怪的力量。在遇到疑似死于三十年前的女孩之后，他自己似乎也掉入了诡异的陷阱。

他离开鸟巢，回到休息室。站在巨大的舷窗前望着蓝色星球，十五岁的顾望的内心有着忐忑和迷惑。他不知道蜡梅花朵出现的变化是否真的是自己造成的。人类陆续出现了进化的痕迹，新闻里也开始出现极少数人脑域拓展，有望成为星舰领航员的消息。但是，顾望没有听说过任何人进化后出现自己这种能力。

顾望注视着巨大舷窗外的月亮。小型核聚变稳定化应用之后，一切都发生了改变。在月球基地上，华国正在夜以继日地修建庞大的星舰，那是用于探索太阳系之外的星舰。从他出生到现在的十五年里，华国科技爆发式发展。在地月经济带建成之后，华国人在火星建立了新的基地，将视线延展到了太阳系之外。

顾望又低头看着自己的手，那股古怪的力量就像小心翼翼的幼兽，试探着从身体深处探出手指尖。微妙的亲切感从心底升起，顾望的不安被抚平。他拿起一只用得短短的素描笔，看着笔身的那层漆在手中渐渐变得老旧脱落，然后又在力量流转之间变得崭新。这是属于时间的力量吗？他需要小心地测试自己的极限。

和父亲通话产生的懊恼和失落从顾望的心底散去。他就像得到新玩具的小男孩，全神贯注地研究新玩具，即使他不知道这古怪的力量能用在哪里。

使用了三次神秘力量后，顾望感觉到疲倦，轻微的胃痛和头疼。他第三次实验是针对自己从地球带到地月空间基地的莲花种子。力量持续到它发芽生长，产生花苞。力量的作用范围似乎只有不到五十厘米的距离，对超过这个范围的物体没有任何作用。

顾望目前没看到这种力量带来的严重的副作用，他觉得自己可以做更多的尝试。顾望很想把自己的新发现和人分享，却发现没人可以诉说。他想了想，离开起居室，来到他负责维修的地月空间基地的边缘地带。

他从隐藏的暗格里拿出木匣子，匣子的一侧是一块拳头大小的陨石，另一侧是二手电子元件。他将银白色的连接桥搭上，开始了他的呼叫："月尘呼叫云雀，月尘呼叫云雀……"

2022年。

午后的时光缓慢悠长，一场细雨不期而至。林朔云在社团活动室里做题时，听到了来自月尘的呼叫。沙沙的声响里，这声音仿佛来自另一个世界。

林朔云放下笔，她觉得自己在教室里遇到的怪事也只能和自称在地月空间基地实习的月尘分享。遥远的未知的朋友。

"云雀，我今天遇到了一件奇怪的事情。"

"月尘，我今天也遇到了一件奇怪的事情。"

在细雨的包裹下，朋友们的交谈充满惊奇。他们并没有否定对方的"胡说八道"。

顾望说他发现自己拥有小范围操控时间的能力，林朔云的建议是他将来可以接精密物件翻新的业务。

林朔云说自己考试时发现教室里的所有人都凝固一般，卡顿在一秒的时间里。顾望觉得也许这个世界原本就是程序，程序运转产生了错误。自己本身就是程序的一部分，也是挺有意思的事情。

俩人兴致勃勃地讨论了半个小时才结束了通话，浮想联翩到忘记心底的沉重感。林朔云惊讶地发现自己内心的惶恐如潮水般消退。面对无法理解、无法抗拒的诡异事件，她也只能保持如小动物般的警惕。

林朔云收拾好书包，离开社团活动室，赶往教学大楼。在她穿过小树林的时候，看到不远处有几个男生似乎发生了争执，正在推搡。

“韩斐，你装什么装？”林朔云发现被推的人居然是学神韩斐，她停住了脚步。

韩斐的背重重地撞在树上，他皱了皱眉：“我还要上课，你在学校里找我麻烦，会被处分。”

“我就是看不惯你，你的同学们都不知道你家里的事情吧？”推韩斐的人的语气里含着威胁。

韩斐盯着威胁自己的人，嘲讽地笑笑：“没想到你这么关心我家里的事。”

就在这个时候，不远处传来女孩子的叫声：“老师，快来！我看到前面有人打架！”

几个围着韩斐的男生向着树林深处跑去。韩斐整理了衣服上的皱褶，神色平静。

林朔云看到那些男生都逃跑了，这才出现在韩斐身边，“他们还真好骗。”

韩斐对着林朔云微微一笑，“谢谢你给我解围。”

林朔云没有追问韩斐为什么被人拦住，她和他的交情也就是普通友好的同学关系。她和韩斐一前一后走出了树林。韩斐看着女孩的背影，他印象中的林朔云总是活力充沛，似乎没有什么烦恼。

下午上课时，班主任带来了转学生苏慕，她站在讲台上落落大方地自我介绍。苏慕身材高挑，有着好看的眉眼，皮肤莹白，有一双修长的钢琴家般的手。

妍妍侧过头，对林朔云低声说：“苏慕穿的那双皮鞋挺贵。”

林朔云知道妍妍家境不错，她说的贵自然是非常贵。不过，这和自己也没什么关系。

班主任安置好了转学生，嘱咐全班同学：“还有一个月就期末考了。大家要全力冲刺，考出自己的实力。”她接手这个班也十个月了，孩子们都挺努力，但在西华中学，努力只是最基本的要求，天赋和资源也很重要。她的视线落在几个有希望进入火箭班的学生身上。要进入火箭班很难，即使进去了也只是极其艰难的竞争的开始。

没人知道世界的去向和自己最后会走到哪一步。绝大多数的孩子只能在无数个白昼里奋发学习，走向理想之路。

第三章
幽灵病

2022 年。

黄昏时，林朔云离开了学校。她骑着单车在初夏的暮色里穿行，和许多人一样，从城市的此处到彼处，日复一日，年复一年。她在小街的蔬菜店买了一块新鲜的五花肉和两个土豆，打算做红烧肉。

才到家属区门口，门卫林大爷就叫住了林朔云：“小云，你妈去七医院了。”

林朔云心中咯噔了一下，忙问：“我妈怎么了？”

林大爷知道林家母女不容易，叹息一声：“你妈的手臂摔骨折了，去医院看病了。”

林朔云把买的菜放在老旧狭小的门卫室，转身骑车赶往七医院。她心中担忧，妈妈因为长年生病，身体本来就弱。

七医院距离家属区不算远，林朔云问了好几个人才在骨科找到林眉。医生已经给林眉的手臂做好了固定。日光灯下，林眉的脸苍白如雪，额头上是细密的汗珠。

林眉小声问医生："我这骨折能不能保守治疗，上个夹板什么的吗？"

"桡骨粉碎性骨折，肯定要手术。你和家里人商量下，到时候排期手术。"医生对林眉说。

林朔云知道林眉为什么想保守治疗，她想省钱。她在门口低低地叫了林眉一声，然后详细问医生注意事项。

"你母亲有严重的骨质疏松症，不能只吃钙片，得吃专门的药。"医生叮嘱林朔云。

林朔云心中难受，低声答应，让医生开药。

林眉连忙对女儿说："都是我的错，没想到摔跤也能骨折。"

林朔云小心翼翼地搀扶起林眉，没一句责备的话，只是说："我们开了药就回家。"骨折后只能复位固定，不能立刻做手术，因为受创的手肘会充血肿胀，所以手术只能等手肘炎症消退后做。

医院的走道明亮，林朔云的心却分外沉重。她和妈妈住在老旧楼房的四楼，妈妈爬楼本来就有些吃力，现在生病就更辛苦了。

林朔云让妈妈坐在医院的长椅上，自己排队交钱拿药。

林眉原本想自己从医院走回家属区，被林朔云断然拒绝。好不容易坐出租车回去，林朔云扶着林眉，在门卫室拿了自己买的菜回家。

母女俩吃力地上一层楼就歇一会儿，等终于到了家里，已经暮色沉沉。林眉一直忍着疼，她不想女儿担心。林朔云煮了冰箱里的抄手当晚饭。饭后不久，林朔云给林眉吃了药，伺候她洗脸、洗脚、漱口，然后把她扶上了床。

林眉昏昏沉沉地睡去，却因为手臂的原因睡不踏实，似醒非醒。她似乎梦到了林朔云的父亲，他十五年前就去了国外，杳无音信。

林朔云回到自己的房间，开始做作业。平常到十点就能完成的作业，她一直做到了十二点。中间还去了林眉卧室看她的情况，扶着她喝水和上卫生间。林朔云觉得自己得尽快在卫生间的墙上安装扶手，这样妈妈上厕所也能更方便一些。

夜色深沉，城市陷入梦乡。林朔云久久无法入睡。她的心中有着无法言喻的恐惧。妈妈的身体不好，早早就办理了病退，家里积蓄不多，但手术费也能凑出来。只是妈妈的这次骨折让林朔云深刻地意识到，妈妈的身体是如此脆弱。林朔云十五岁，距离大学毕业起码还有六年。

林朔云长长地叹息。她又想起了教室里那凝固的几分钟，这超出了她对世界的认知范畴。无论如何，她都要照顾好妈妈，顺利完成学业。

五点半，林朔云定的闹钟就响了。她从床上爬起来，轻手轻脚地洗漱，将粥熬上，然后开始背单词。还有一个月就要期末考，为了考进火箭班，为了奖学金，她都要奋力一搏。

她想起月尘描述的突然能小范围操控时间的能力。如果真的有这种力量，能不能让时间段倒退到妈妈摔倒之前？林朔云苦笑，她似乎不该花时间去幻想。

2050 年。地月空间基地。

顾望站在减压舱里，穿着厚厚的航天服，戴着全封闭头盔，提着多功能维修箱。韧性极强的联结绳挂在他的腰间，在半重力状态下缓缓飘动。今天的工作项目是维修 D9 区太阳能吸光板。

舱门开启，顾望启动背着的动力背包，缓缓飞出舱门进入宇宙。四周皆为深渊，万籁俱静。一种莫名的孤独感包裹住了顾望，他能够清晰地听到自己的呼吸声和心跳声。努力保持平静后，顾望飞向那些太阳能吸光板，就像一只工蜂飞向巨大的金属花朵。

顾望检查到了一块在冲击中被击裂的吸光板。他看着那些细小的裂缝，心中有了小小的冲动。在这荒芜的宇宙空间里，他的那种奇特的能力是否依然起作用？

他的手隔着手套放在了吸光板上，一分钟后，吸光板的裂缝消失了。顾望有些眩晕，并不是因为心情激动，而是超负荷的反应。他缓慢地操纵动力背包，带着自己回到舱口。他的背上全是汗，挣扎着爬进减压舱，关闭舱门。

一辆军方运输舰滑过不远处的天空，在黑色的背景下，带着金属的冷硬流畅之美。

顾望休息了几分钟，踉跄着离开减压舱。他走到工作间脱下航天服，吃了数根高能棒，才恢复了一些体力。

从这里路过的实习生林茜打量着顾望惨白的脸，提醒他："顾望，你要注意身体。最近月球基地那边发生了小范围的幽灵病。你才从月球基地下来，要小心。"

顾望笑笑："我没事。幽灵病不是病菌导致的疾病，更像是一种心理病。"幽灵病从两年前开始出现，是一种在月球偶发的精神疾病，患者分不清现实和幻觉的界限，能看到一些根本不存在的事物。最奇怪的是，人们找不到幽灵病的传染路径，但唯一可以确定的是，有的人和患者密切接触也不会患病，有的人仅仅和患者擦肩而过，就会被传染。

林茜对幽灵病很感兴趣，说：“听说有不少病人声称在月球看到了河流和蓝色花朵。”

顾望点了点头：“是的，蓝色花朵漂浮在金色的河流里。零号病人画了一幅这样的画，拍卖出了七百万星币的高价。”

林茜笑眯眯地问：“后面的患者也绘制画作拍卖了吗？”

顾望回答：“并没有卖出去。”

林茜看着顾望，问：“我今天晚些时候就要离开基地，回天京休假一个月。你有什么东西要我帮忙带给你的亲友吗？”不少在月球基地工作的人都喜欢带一块月球陨石送给地球的亲友当作礼物。

顾望微微摇头，说：“没有。祝你休假愉快。”他想，即使自己送出什么礼物，收到的人也不会多么快乐。

顾望和林茜告别后回到宿舍。他望着地球上变幻不定的云层，思索着自己的未来。有许多次，他觉得所谓的小范围操控时间的能力不过是自己在地月空间基地的想入非非。就像自己的朋友云雀，也许是一个存在于三十年前的幽灵。但是，今天他在太空里修好了一块有裂缝的吸光板。他意识到这真切的改变也许会影响自己的一生。他之所以从事航天航空业的工作，就是因为他从小喜欢仰望星空，想去群星的深处探索它们的秘密。那么，自己获得的这种进化能力该如何使用？它会不会突然出现又突然消失？

顾望打开个人终端系统，搜寻到了一则消息：群星号飞船将穿过太阳系，前往适合人类居住的第二颗星球。这颗星球被称为异乡星。异乡星就像地球的影子星球，有着相似的大气层成分、温度。巨大的山脉在异乡星蜿蜒起伏。

一颗气候温和的美好的星球，那是人类即将拥有的第二颗星球。但要想抵达它也许需要一生的时间。

就在这个时候，有语音通话强行接入，是基地的安全人员：“顾望同学，你晚餐时间接触过的林茜同学患上了幽灵病，你作为她的密切接触者需要进一步检查。”

顾望愣了愣，“我会原地待命。”在月球基地度过一周隔离期然后进入地月空间基地的只有三个人，自己是其中一员。林茜在这之前一直在地月空间基地学习，根本不可能患幽灵病。所以，是哪个人从月球基地来地月空间基地，不仅隔离期没有发病，甚至将幽灵病携带到了地月空间基地？

片刻之后，顾望见到了全副武装的菲娜医生和她的机器人。她是四国混血，艳丽肆意，在地月空间基地的医院工作，也是地月空间基地药厂的监督官。菲娜医生的机器人推着移动式医疗舱。

“顾望同学，和你同一批从月球基地来地月空间基地的人，目前都躺在最新的医疗舱里。你也需要进入医疗舱。”

顾望问：“月球基地一直没有找到幽灵病的病原体，最新的医疗舱现在能找到？”

菲娜笑眯眯地回答：“当然。在林茜同学看到金色河流和蓝色花朵之前，她无意中通过了军方正在测试的能量扫描仪的正前方。扫描仪发现了异常能量体。我的新论文也因此诞生。幽灵病的病原体是一种异种能量体。它喜欢入侵人类的脑神经，集聚在脑部的某些区域，微弱的异种能量让大脑产生幻觉。这台医疗舱加装了军方的异常能量扫描仪。”

顾望躺进医疗舱，心中有些忐忑。他才发现的那种奇怪的能力是否也能被探测？

柔和的光里，倦意上涌，顾望睡了过去。他因此错过了菲娜震惊的神情。菲娜的医疗终端投影里，顾望的脑中，被标记为紫色的幽灵病的病原体几乎满布，比月球基地患者们的脑部扫描图片更为惊人。

菲娜感叹：“顾望同学的脑神经里，那些病原体就像是在富养浅海里疯狂繁衍的赤潮。”

2022 年。

黑夜无比温柔地笼罩着城市，群星被厚厚的云层遮蔽，人们以为城市的灯火是坠落的星星。

林朔云半夜里醒来，去卫生间时路过妈妈的卧室，看到门底的缝隙里有灯光流泻。林朔云推开门，看到林眉正半靠着床头，在翻看老相册。那本相册里是林朔云小时候的照片，还有林眉小时候的照片。很多人都说母女俩幼时长得一模一样。

“妈，你怎么还不睡？”

“睡得太早，半夜里醒来就睡不着。你快去睡吧，明天还要上学呢。”

林朔云低低地应了一声，她迟疑了几秒问：“是因为手臂疼吗？”

“已经好多了，就是行动不方便。妈妈老了，以前摔跤了爬起来拍拍灰啥事也没有。现在摔个跤就骨折。”

“我已经买了安全扶手和防滑垫，今天放学就在卫生间安上。”林朔云轻声说。她帮林眉把相册放到了床头柜的抽屉里，扶着林眉躺好，关上灯后离开。

黎明时分的校园在淡金色的阳光里有着隽永的错觉，昨夜微雨，洁白的栀子花湿漉漉的，碧绿的叶片上是一抹极淡的霞光。

林朔云在教学楼一侧的风雨长廊看到了苏慕和韩斐。转学生苏慕似乎和韩斐是旧识，放松地聊着天。韩斐站在紫藤花下，神色从容，眉眼柔和。

林朔云顿了顿，放弃了在风雨长廊角落背古文的念头，转身离去。她觉得韩斐和苏慕有着相似的气质，他们是同一类人。

林朔云的脑海里除了好好学习天天向上之外，就是看有没有机会参加什么竞赛赚点奖学金，为读好的大学积累一点资本。她总觉得自己的小家像脆弱的蛋壳，遇到风雨就会陷入困境。

整个白天，林朔云徜徉学海不知疲倦。班上绝大多数同学都是这样，除了学神韩斐。妍妍小声告诉林朔云，韩斐把语文书的壳套在一本德文小说上。

“这真是令人嫉妒。就这样也能轻轻松松考全班第一。”妍妍咋舌。

林朔云安慰妍妍，“他不是合理参照物，咱俩就走勤能补拙路线。”

妍妍叹息，“普通资质的人生真艰难。学海无涯苦作舟。”

林朔云笑出了声，“妍妍，你太可爱了。”妍妍古灵精怪，家境优越，这样的人生可不是普通资质的人生。林朔云漫不经心地做着选择题。她喜欢妍妍就在于她真实可爱却不骄矜。苏慕和妍妍是两种风格。苏慕大方爽朗，和同学们相处得不错，但那是她的涵养，她的眼神一直平静从容。

韩斐出去了一趟，拿了一份表格回到教室后给林朔云，叮嘱：“老师让你填了交给我。”

林朔云看了看表格的内容，是数学竞赛的报名表。她微微一笑。

韩斐也笑了笑，回到自己的座位。妍妍看着韩斐和林朔云的互动，觉得自己的同桌和学神的关系挺好。要知道，韩斐很少微笑，总是沉静自持。

林朔云快速地填着表格，心中想起了自己没见过面的朋友月尘。月尘的数学能力比自己强多了，除了爱幻想他住在地月空间基地有超能力，没什么缺点。严格来说，想入非非也不是什么缺点，反而很特别。

第四章
文明的灰烬

2050年。

地月空间基地是漂浮在高空的城，它看起来像是变形的蜂巢，具备不断生长的特质。可重复使用的重型航天器从地球各处升空，抵达地月空间基地的码头，将之作为中转站运送物资。

基地西侧有着一座小小的孤岛，依靠可移动的桥连接。这里是幽灵病患者们的隔离治疗区。

幽灵病可不仅仅是出现看到金色河流和蓝色花朵的幻觉。随着病情的进一步发展，不少人声称看到了另一个世界。他们描述的新世界居然惊人的相似。医生们兴致勃勃地记录和倾听患者的描述，心中仿佛在看吃了见手青中毒的人的表演。只有极少数人知道，幽灵病晚期的患者会无法分清真实和虚幻的界限，走入穷途末路。

菲娜注视着能量扫描仪呈现的图像。顾望被幽灵病病原体侵袭后并没有什么异样，也没有产生任何幻觉。这种奇特的能量体似乎被顾望吸引，在他的脑部大量繁殖。

菲娜认为顾望比零号病人更有价值。也许通过他，他们能看到另一个世界的更多秘密。

幽灵病并不是起源于月球基地的工作人员。零号病人是火星先遣队的成员之一，他们登陆火星，获取了大量的数据，采集了火星的地下水，甚至深入地下，确认火星在遥远的时光彼岸曾经存在过文明。先遣队遭遇意外，零号病人回到地球度过隔离期后，恢复了工作。他成为月球腾龙基地某个项目的负责人，幽灵病如阴影一般出现。

更多的人被幽灵病缠绕，他们有着共同的幻觉：金色河流，蓝色花朵。

其实，他们还在同一个梦境里出没。所有患上幽灵病的人在沉睡时会进入同一个梦境。除去梦境里荒诞错乱的部分，他们就像是生活在一个截然不同的已消逝文明的幻影里。

一颗自然资源极其丰富的新星球。偶尔能看到残破的金属建筑。没人知道发生了什么。那是一个真实存在的世界。只有被幽灵病感染的人才能触摸到那个世界的边缘。

菲娜忍不住遐想，如果人类能够真正进入那个梦境里的世界，将会引来怎样的爆炸式发展。她隐约觉得顾望和其他患者有微妙的不同。

顾望坐在白色的医疗室隔离区里，他换上了白色病号服，注视着墙上的一幅照片。那是 2013 年美国国家航空航天局的卡西尼号探测器在距离地球约十四点五亿千米的土星轨道上拍到的地球。巨大的土星和它壮丽的土星环占据了大部分画面，令人目眩神迷。而地球只是深空里一粒不起眼的发光的尘埃。八十亿人的悲欢离合就在这尘埃之上。

他打开个人终端，发现自己被限制连入星网。事情似乎有些不对劲。他并没有看到其他病友，一切都云遮雾罩。

顾望握紧右手。他能感觉到那种力量再度充溢。幽灵病的背后是不是藏着什么秘密？至今为止，他依然没看到什么金色河流和蓝色花朵。

2022 年。

学校风雨长廊附近的亭子里，林朔云坐在一个看起来三十多岁的男子对面，只觉得初夏的风也变得躁动不安。

林朔云不明白自己的人生剧本怎么会如此荒谬。午后的时光被突然出现的父亲占据。她从未见过自己的父亲，也没听林眉提过。外公外婆没去世之前，她偶尔听到老人们说，林眉是被父亲欺骗了。父亲没有和林眉结婚，去了国外杳无音讯。

在十五年后，苏学谦出现在自己的面前，穿着精致，举止得体。他看起来比林眉年轻得多，眉眼之间依稀熟悉。她想起林眉曾经藏在抽屉深处的合影，后来那张照片被林眉烧了。苏学谦应该就是自己素未谋面的父亲。

苏学谦注视着林朔云，心中五味杂陈。林朔云继承了他和林眉外貌上的优点，少女气质沉静，并没有他以为的惊慌、怨恨，或是欢喜。她注视着自己，眼中没有任何激烈的情绪。

“苏先生，您来学校找我是有什么事吗？”林朔云礼貌中略带疏离。

“我刚刚回国，才从旧日朋友那里得知你的存在。我和林眉分手后就去了国外打拼，完全不知道林眉有了我的孩子。”

林朔云并不相信苏学谦的说辞。外婆说，林眉去找过苏学谦的父母，他们说不知道儿子的联系方式，大半年之后，苏家悄无声息地搬走，不知道去了哪里。林眉这才死了心。

苏学谦看林朔云神色平静，笑容越发柔和，“我住在你们学校附近，所以来看看你，也希望对你们母女俩有所补偿。”

林朔云站起身来，“我们不需要补偿，因为您本来就不在我们的生活里。我唯一的要求就是请您不要再来打扰我们的生活。”

苏学谦看清了女儿眼底的戒备，“我听说林眉身体不好，过得辛苦。我也应该承担你的学费和生活费。我认识本市有名的骨科医生，林眉可以去他那里免费手术治疗和术后复健，这样身体也恢复得好一些。”

林朔云想到了林眉，有些犹豫。

“这样你妈的手臂也不会留下什么后遗症。”苏学谦恳切地望着林朔云。

林朔云点了点头，声音柔和，“那您别出现，也别让医生告诉我妈实情。”

苏学谦留了名片给林朔云，“我现在做一家进出口贸易的小公司。你记得给我打电话。”他懂得见好就收，没有提任何要求就和林朔云告别了。

林朔云下午上课时依然专注，下课休息时间却呆呆发愣。妍妍没有问林朔云，只是拉着发愣的林朔云去上体育课。

更衣室里，林朔云略带迟缓地换好运动服，看着穿衣镜里的自己。她发现自己有些厌恶眉宇间和苏学谦相似的地方。苏学谦微笑时眉眼舒展，有着说不出的风流倜傥。十五年来，母亲挣扎生活，容颜老去，苏学谦却看起来不像是四十出头的人，带着笃定轻松的精英姿态。

妍妍牵着林朔云去了操场。初夏的下午，高高的树荫有无数缕阳光落下，穿过微不可见的尘埃，穿过流动的风，落在人的身上和心底。

韩斐抬眼看了看站在自己身前不远处的林朔云。他午后见过林朔云和一个他认识的人——苏学谦在一起。那是在寒假，一次花团锦簇的宴会上。苏学谦及其夫人和父亲热烈地交谈着。仔细想想，苏学谦的眉眼和林朔云的有一分相似。只是苏学谦的眼睛总是带着捉摸不定的笑意，而林朔云微笑时的眼睛清澈干净。

苏慕已经和班上同学相处融洽，她在初夏的风里看着操场上的男孩女孩，觉得无比惬意。从气氛压抑的天京逃离，苏慕过上了喜欢的没有压力的校园生活。旧友韩斐也在这所学校，他那么沉静，对身边的一切漠不关心。过去的那场事故改变了韩斐。

放学后，林朔云乘坐公交车回家。车里已经没有人谈论那个傍晚燃烧的公交车。每个人都要努力继续自己的生活。林朔云并没有看书，心中是复杂的情绪。为了妈妈骨折手术和康复的事情，她向苏学谦做出了妥协。她的疑虑是，苏学谦对母亲和自己有什么企图？她小时候在外婆家听到的是父亲抛弃了母亲，就对父亲再也没有憧憬。后来，外公外婆去世了，林眉更加孤独。她也很希望林眉能重新组建家庭，但林眉的身体不好，说不想拖累别人。林朔云有时觉得，林眉一直没从当年的痛苦中完全走出来。

就在这个时候，林朔云发现自己的面前突然多了一个人。他穿着黑色连帽衫和同色运动长裤，戴着黑色的口罩，仿佛阳光下的阴影一样毫不起眼。

林朔云记忆力强，她觉得阴影男人的出现极其违和，就像拼图多了一块。她的视线和阴影男人的视线交错。就在那一瞬间，林朔云觉得眩晕袭来。她眨了眨眼，发现眼前的人消失不见了。车里一切如常，年轻妈妈抱着的宝宝吐着口水泡泡，疲惫的中年男人昏昏欲睡，年轻的女孩戴着耳机看着手机信息。没有人察觉到异常。和昨天一样，这是世界出现漏洞的一天。

林朔云抓紧书包的带子。她觉得她需要和远方爱幻想的朋友月尘聊一聊。这世界让她窒息，让她不知所措。

2050 年。

地月空间基地漂浮在深空，带着工业科技独特的美感，默默注视着大地，以超然物外的姿态，看着云气涌动。星球的白昼黑夜是如真理般的存在。

只是无论在哪里，人类之所以是人类，是因为人都拥有喜怒哀乐和贪欲斗争。顾望再一次见到了菲娜，她的身边跟着一个陌生的瘦削男子。

桂荣打量着顾望，这个原本无足轻重的实习生。他清秀平静，看起来不太像只有十五岁。顾望的脑部，那些幽灵病病原体富集，在能量仪下仿佛微微发亮的紫灯，而他却没有任何幻觉和不适。

除了菲娜，桂荣也是有权知道幽灵病数据的人之一。火星荒芜，地下水的分析报告里也没有生命物质的存在。火星上的智慧生命在人类诞生之前很久就已经消亡。直到华国人发现了遗迹里的一处通道。它以超越物理规则的方式存在，却无法真正开启。通道两侧的金属墙壁上刻画着其他星星的所在。这个通道似乎能前往一处遥远的星星。那就是近几年人类才发现的异乡星。

军方新型能量仪检测到了幽灵病病原体的特殊之处。一种能量化的病原体勾勒出截然不同的世界。桂荣恨不得立刻前往火星考察，也许火星人并未消失，只是全体能量化了。火星人似乎放弃了异乡星，放弃了肉体和社会结构，成了纯粹的意识生物。

也许，幽灵病患者能够真正开启神秘的通往异乡星的通道！桂荣盯着顾望。还未产生任何幻觉的顾望也许就是开启通道的人。

桂荣问顾望，“你知道高密拓扑理论吗？”

顾望愣了愣，“是《科学》杂志上个月发表的论文？类似多重宇宙，不同的世界彼此纠缠形成泡沫曲面？”

“世界与世界部分重叠交错，却无法互通，但是根据高密拓扑理论，我们能找到进入新世界的方法。”

顾望眼神清澈，带着一丝不解，“这和我有关系吗？难道幽灵病就是进入新世界的方法？”少年说完后就笑了，觉得自己的猜测极其荒谬，但他看到桂荣一脸严肃，嘴角微微抿紧。

“我们没有对外公布，所有幽灵病患者都会进入同一个梦境，或者说他们集体梦到了一个新世界。我们想要真正去那个世界。”

“怎么找到进入梦境的路？”顾望问。就算所有幽灵病患者梦到了新世界，也就像看着海市蜃楼似的可望而不可即。

桂荣沉默了几秒，“幽灵病患者也许能找到那条路。顾望，我们需要你的帮助。”

顾望有一瞬间以为自己的秘密被人发现了。他想不出自己有什么可以帮助桂荣这样的人。然后，他听到了桂荣的解释。

“华国人在火星某处的地下发现了遗迹。根据金属墙壁上的图案显示，那是一个通往其他星星的‘通道’。根据星图研究，那颗星星正是我们人类想要移居的异乡星。百年的飞行距离因此可能缩减为数个月。这让所有人都欣喜若狂。但是，这个通道无法运行，里面布满了奇异的能量。类似幽灵病的能量。我觉得你可以去火星一趟，试着开启通道。当然这是一次秘密行动，星舰上知道此事的人只有执行官顾琛。”

桂荣眼神狂热，“这个通道是亿万年前火星人留下的。零号病人也是在通道口感染了幽灵病，但他并没能找到开启通道的方法。”

顾望沉默了几秒，“我愿意去火星，但我并不认为我比零号病人更幸运。”他已经很久没见过顾琛了。顾家家族庞大，顾琛是二伯父顾耀生的荣耀。

一小时后，顾望回到自己的房间收拾了私人物品，然后从特别通道搭船前往月球。在月球基地的某处，中型星舰整装待发。上面还有第二批前往火星探索的人。从月球到火星需要长达数月的时间。顾望还是带上了他的复古无线电通信器。

前往火星的金沙号星舰由核聚变装置输出能量，银灰色的星舰犹如星际巨兽在虚空中航行。它将月亮抛在身后，在无尽星海里犹如一粒微小的尘埃。第二批火星探索队的人还有搭便车的顾望都在这尘埃里。

顾望拥有单独的房间，他检查四周，没有发现监视器。顾琛容不得其他人插手他的星舰，能将自己安排进星舰，桂荣付出了不少代价。

打开木匣子，顾望深吸了一口气，开始呼唤云雀。在这与世隔绝的虚空之中，少年有太多心事想和远方的伙伴分享。那是不能告诉身边任何人的秘密和情绪。

数分钟后，云雀的声音从木匣子里传了出来，就好像她本身就是居住在木匣子里的精灵。

“空间站维修员，好久不见……”

“我现在不是空间站维修员了，是去火星的旅客。我是不是没告诉过你，我的名字？我叫顾望。你呢？”

“我叫林朔云。朔望的朔。我们的名字里都有月亮的阴晴圆缺。”

第五章
第一种命运

每个人从出生开始就能看到尽头是死亡。但每一个生命都在用尽全力想要活下来。这就是生命最开始的意义。

林朔云站在手术室外的长廊里，等待着妈妈的手术完成。她想着昨天和顾望的对话。想象力丰富的顾望给了自己一个火星旅客的身份。他说，他要旅行数个月的时间，到火星探查一处遗迹。原来亿万年前，火星上就有智慧生命。

顾望所描述的脱离现实的一切让林朔云心驰神往，也让承受压力的她不那么心情沉重。林朔云背着的书包里是月考成绩单。她还是没能赢过韩斐。总有一些学霸是无法超越的，林朔云早就学会认清现实。新来的转学生苏慕是班级第三名。

林眉喜欢看女儿的成绩单，那让她觉得自己的生活有盼头。她不顾一切生下林朔云是值得的。

私人医院的服务不错，林朔云被护士带到相邻的休息室，还准备了小点心和温热的茶水。

苏学谦并没有在医院里等待。他坐在咖啡店里翻阅着林朔云的详细资料。他找了私人侦探查林眉和林朔云。令他意外的是，林朔云比他想象的优秀得多。在没有良好资源支持的前提下，林朔云不仅数学竞赛拿奖，各科成绩优良，而且高考后应该能进入一流大学就读。

苏学谦凝视着林朔云的照片。这是她在街边等车时被拍下的。少女站在那里，挺拔得像一棵小树，气质明朗大方。她不太像林眉，眉眼更秀丽。温柔的情感在苏学谦的心底滋生。林朔云是他血脉的延续，拥有和他一样优秀的基因。他的女儿苏慕长得更像她的母亲云婷，是富养出来的千金，大方得体。也许，自己以后可以把林朔云接到身边悉心栽培。

对于苏学谦的心思，林朔云茫然不知。她终于等到林眉被推出手术室。她看着林眉那苍白的脸，心中担忧。

因为有护士护理林眉，黄昏时，林朔云留下成绩单，独自回家。她走在城市的街道上，心中是挥之不去的倦意。就在这个时候，她听到有人叫她的名字。

林朔云回头看到了韩斐。韩斐没有穿校服，白衬衣，深色长裤，整洁简单。

“你还好吗？”韩斐注视着眼前的少女。爽朗利落的林朔云看起来有些哀愁。上次林朔云帮了他，他心里承她的情。

林朔云愣了愣，“不好。”

韩斐问：“怎么了？”

林朔云侧着头想了想，“大概是觉得自己软弱无力，就像急于飞出巢穴的幼鸟，翅膀还没长全。”

韩斐笑了，“好吧，幼鸟，我请你喝咖啡。谢谢你上次帮我。”

林朔云也不想回到空荡荡的家，“咖啡馆也可以学习，不耽搁时间。”

轻音乐流泻，城西这家咖啡馆将绿植引入室内，自然中透着轻奢。两个优等生一边喝着咖啡一边讨论数学，远看起来让人感叹美好的青春，近看觉得怕不是俩“傻子”。

林朔云心心念念数学竞赛的奖学金，“还有什么数学竞赛奖学金不菲的，记得带上我。”

韩斐忍住笑点头，“一定带上你。林朔云，你这么缺钱啊？”

林朔云叹气，“就想攒点钱，以后读大学不想问我妈要钱。她也挺不容易的。”

韩斐看了看林朔云，“考进火箭班还有奖学金，你努力。”

林朔云握拳，“我努力。”

韩斐和林朔云埋头做题，间或讨论，直到暮色从四面八方升起。林朔云觉得自己很有收获，韩斐是挺好的老师。但是，她把感激深埋心中，并没有抢着付账。之前她不动声色地看了看账单，觉得自己不配来这家咖啡馆消费，贼贵。

韩斐送了林朔云回家，他看着林朔云的背影消失在破旧的家属区，突然觉得自己遇到的挫折不算什么。反正他也不想从韩家得到什么，他就想安安静静的不被人打扰。

华灯初上。

林朔云坐在窗前的书桌旁写完作业，看着窗外调节视力。暮色里，飞蛾绕着灯飞舞，翅膀上是微黄的灯光。

林朔云打开匣子，呼叫顾望。

“林朔云呼叫顾望……林朔云呼叫顾望……”

柔和的少女的声音在屋子里回荡。

“林朔云，我没想到我还能联系上你。要知道我现在距离地球挺远的。”顾望的声音里充满了惊喜。

林朔云对于顾望的煞有其事笑出声来，“是吗？你距离地球多远？”

“三十万千米。看来我们的联系似乎和距离没关系。”顾望回答。地月空间基地里，他也能和林朔云联系上。

林朔云敷衍地“嗯”了一声，“大约是一种超时空的绑定？顾望，我今天在公交车里看到一个人，他瞬间又消失了。其他乘客都没有发现他的存在。”

“林朔云，你不觉得奇怪吗？为什么这些事情只有你能看到？”顾望问。

林朔云皱了皱鼻子，“我不仅奇怪，我还害怕。又或者我得了奇怪的病，总是产生幻觉？”

“你有什么幻觉？”顾望问。

林朔云想起了昨晚的梦，“我梦到金色的河流和蓝色的花朵。”

顾望沉默了几秒，“这种幻觉很多人都有，不仅仅存在于梦里。”他发现他和林朔云隔着时间和空间的距离，却产生了许多莫名的联系。复古无线电通信器的背后到底隐藏着什么？为什么三十年前的林朔云会拥有幽灵病患者的幻觉？

林朔云叹气，和顾望讲述自己的烦恼。精英父亲突然出现在她的面前释放善意，不知背后存着什么目的。

顾望对于此类问题驾轻就熟，“坚持你自己的选择，不要委屈自己。”

就在这个时候，林朔云听到了敲门声！这是她在家中独居的夜晚，到底是谁会出现在门外？

顾望听到林朔云小声说：“有人敲门，我去看看。”一分钟后，他听到了门开的声音。林朔云问：“你怎么来了我家？”

紧接着，重物倒地的声音传来。顾望心中焦急担忧。他忍不住问：“林朔云！你怎么了？请回答！”

通话中断了……

顾望发现木匣子变得若隐若现，仿佛要消失一般。然后那颗拳头大小的陨石在顾望的眼前四分五裂！

连接着顾望和林朔云的神秘陨石无线电通信器被莫名毁掉。他们之间唯一交流的渠道被掐断。更可怕的是，林朔云似乎遭到了袭击，生死不知。

惶恐和绝望从顾望的心底涌出，波浪般翻涌，冲击着他的心灵。

顾望站在正远离地球的星舰上，发现自己什么也做不了。他从未认真地查过林朔云的一切。他只知道她的名字，就读的学校，她和母亲一起生活，才遇到当年抛弃母亲远走异国的父亲。他和她是从未见面的朋友，甚至他和她并不处于同一个时代。

隔壁李阿姨将昏迷不醒的林朔云送到了医院。她之前以为林家的门没关好，紧接着看到倒在了门边的林朔云。

林朔云的额头似乎受到了重物撞击，家里并没有入室盗窃的凌乱痕迹。唯一受损的是摔在地上四分五裂的一台无线电通信器。家属区看门的林大爷报了警。由于家属区没什么摄像头，也没人看到什么可疑的人，目前还没找到犯罪嫌疑人。

深夜的医院人声鼎沸，林朔云在病床上昏睡着，林眉守在她的身边默默垂泪。林眉和女儿相依为命，女儿小学开始就不怎么让她操心，还会分担家务。她一心盼望女儿健康长大，学有所成，不像自己一样不知轻重好歹。

此时此刻的林朔云在梦境里正走向金色的河流。人们一直思考意识为何产生，又怎样认知我们如今的世界，或者当肉体消失后意识能否继续存在。这是和生死相关的哲学命题。科学家期待着能将意识上传到虚拟空间，让它永远存在于机器制造的梦境里，得到另一种形式的永生。

河流耀金，林朔云能清晰地看到自己的影子，仿若看到镜中的自己。她穿着不久前生日那天穿的蓝裙，神色有些恍惚。水面里，一朵朵蓝色花朵绽放，从虚无中产生，又回到虚无之中。

林朔云不知道自己为什么出现在这里，她发现河流似乎并不是水，而是一种液体金属，金色的涟漪荡漾着，让林朔云看不清自己的身影，然后她看到了一座水底之城！超越这个时代的城市。

它那样庞大深邃，就像某种海洋生物或是病毒的具象，其中的建筑拥有极其光滑的外壳，呈现完美的曲线结构。在建筑物之外，无数梭状飞行物像是金色种子一样漂浮着，伴随城市的呼吸，轻轻摇晃。

林朔云蹲下身，伸出手触摸金色河流的幻影，她感觉到了极强的吸力，金色的河流顺着她的手指攀爬而上，将她整个包裹住，甚至涌入了她的喉咙。无数闪光在她的脑海里出现，下一个瞬间，她坐在了水底之城某座高耸殿堂的穹顶下。原本安静无人的殿堂里，那些台阶上出现了半透明的身影。

就在这个时候，林朔云的脑部一阵刺痛，眼前的景象化为金色流萤散去。她睁开了双眼，看到了在床边垂泪的林眉。

林眉恍惚间看到女儿睁开双眼，呼喊："小云！"谢天谢地，女儿醒来了。

林朔云只觉得头痛欲裂，心中烦闷，忙问："妈，我怎么了？"

"你在家里被坏人打晕了。"林眉啜泣着说。

林朔云刚要去回忆，刺痛就打断了她，"我记不起来发生什么事情了。"

林眉带着泪按住林朔云挣扎的手，"你在医院好好休息。"

与此同时，苏宅里空气沉凝。

苏学谦将调查报告摔到桌上，冷盯着云婷，"女儿被你教成什么样，你别说你不知道！"他一直觉得自己的太太家世素养挺不错，把女儿苏慕也教得极好。没想到苏慕从天京转学到此处是为了避风头，她在以前的学校伤了人。云婷想方设法按下此事，拿钱补偿了受害者。苏慕的精神出了问题，需要定期服药。这些事情，云婷全部隐瞒了自己。

"慕慕不是不讲道理的人，还不是你隐瞒林眉和林朔云的事情，刺激得她失去了神志。苏学谦，我嫁给你后劳心劳力，你居然在外面还有这么大的一个女儿，还让秘书安排她的母亲住院。”云婷眼中是深深的怨恨。巧合的是，苏慕转学的班级正是林朔云就读的班级。苏慕为月考成绩不够理想发脾气，无意中发现比自己成绩更高的林朔云居然和苏学谦见面。俩人眉眼的相似，让苏慕起了疑心。

苏学谦顿了顿，颇有一些理亏，解释道，“林眉是我认识你之前的女友，我也不知道她怀了我的女儿。”

“你的女儿？”云婷的声音拔高，“老爷子唯一认可的孙女只有慕慕。林朔云算什么东西？”

苏学谦后槽牙咬紧，他盯着云婷，“你说我苏学谦的女儿是什么东西？云婷，我可不是当年一无所有的苏学谦。”

云婷冷笑，“所以你打算把我和慕慕扫地出门，把你的前女友和大女儿迎回家？”

苏学谦不耐烦地敲了敲桌面，“别胡搅蛮缠。慕慕伤了人，警察在找她。她要是被查出来，会留下案底，没有什么好的未来可言。”

云婷哭了起来，“你是慕慕的爸，你来解决。”

苏学谦的手机铃声响了，他接了电话，神色微变。

苏学谦转过头对云婷说：“林朔云记不得她被人袭击的事情了。你赶紧给慕慕办理出国留学的手续，让她在国外治病。她这样下去早晚会惹出大麻烦。”

第六章
前往火星的金沙号

2050年。

前往火星的金沙号星舰在黑暗的宇宙里航行。一如当时陆地上的人将新造好的大船滑入海水，开始更远的征程。

顾望使用了宝贵的通信接口。他让自己的朋友丁程野帮自己详细调查三十年前就读西华中学的女孩林朔云的一切。数个航行日后，丁程野的调查结果会以加密的方式被星舰接收。顾望不知道丁程野会查出些什么，他之前一直回避去确认林朔云的身份问题。如今，他想知道林朔云是否还活着，或者说，曾经活着。

走出通信室，顾望抬头看到了舰长顾琛，他的堂兄。顾琛穿着深蓝色军服，英姿勃发，挺拔修长。他有着和顾望一样深黑的瞳仁，这是顾家人的标志性长相之一。

顾望跟随顾琛去了他的私人休息室。

顾琛打量顾望，说："很久没见了。没想到再次相聚居然是在星舰上。”

顾望沉默了几秒，“我也没想到自己会卷入这样的事情。对我来说，在地月空间基地实习是我原本的计划。什么幽灵病，什么新世界，我觉得离我都太遥远。”

顾琛给两人倒了咖啡，“桂荣找过我，基于一些原因，我默许了带上你去火星的要求。”他的这个堂弟自小失去母亲，大伯父再婚后就让他去读寄宿学校，很少在家族聚会上出现。顾琛自己也常年不在家，没想到，当年胖嘟嘟的小家伙如今已经成为地月空间基地的技术人员。顾望才十五岁，顾琛自己十五岁的时候还在航空学校读书。

顾望问顾琛：“你真的相信火星遗迹的通道会被幽灵病患者激活？”

顾琛微微一笑：“那是一个逝去的时代，那时候的火星已经拥有文明，而同一时刻，地球上的霸主还是恐龙。至于那个通道，没人能确定背后藏着什么。也许藏着的是厄运。”他喜欢这种行星尺度的故事，人类短暂的一生能目睹这样的故事，才会觉得生命虽然如火花转瞬即逝，但也有它热烈的意义。

顾望看着自己的右手。他得到的是小范围操控时间的力量，这种力量是否可以用在开启通道上？他再度想到了林朔云。他能和林朔云隔着时间联系是因为幽灵病，还是已经四分五裂的无线电通信器？

顾琛问顾望：“你真的没有任何幻觉吗？”

顾望摇了摇头，“完全没有。你不害怕我传染你吗？”虽然注射了最新研发的抑制剂，顾望还是担忧。

顾琛笑笑，“我接触过不止一个幽灵病患者，我对幽灵病免疫。

我也不知道这是幸运还是不幸。来，我为你介绍金沙号。”

半空中，金沙号的立体投影栩栩如生。它在顾琛的手中放大缩小，翻转自如。这是人类文明能完成的巅峰之作，也是前往异乡星移居前的太阳系内航行星舰。

之后数日，顾琛每天都会抽出半小时教导自己的堂弟顾望。两人间的陌生感渐渐消退，变得熟悉起来。

宇宙黑暗，金沙号星舰匀速飞往目的地。顾望收到了朋友丁程野发来的资料，他坐在半重力植物园的树下，打开了资料包。

少女微笑的脸出现在他的个人终端，如扑面而来的春日和风。他仿佛听到林朔云清脆爽朗的声音：“我叫林朔云。”

原来世界上真的有一个生活在三十年前的女孩林朔云。

顾望看着后面的资料，眼神一凝。林朔云在 2022 年遭遇公交车火灾事件，被灼伤了脸的她住院数月，然后前往异乡打工。她没有参加高考。2026 年，林朔云死于意外。多年后，其他案件的犯罪嫌疑人交代了林朔云的死因。她并不是死于意外，而是有人买凶杀人。

顾望记得林朔云提过公交车失火的事情，只是当时她并不在公交车上。为什么他知道的林朔云的故事和丁程野的调查结果截然不同？

顾望无法知道自己认识的那个林朔云的命运。她在那个夜晚还活着吗？无线电通信器损坏了，他无法再联系上她。

2022 年。

此时的林朔云坐在群星之下，吹着夏夜的风，缓解头疼。她没能赶上数学竞赛，痛失可能得到的奖学金。

林眉下定决心卖掉了家属区的旧房，在学校附近租住了治安良好的小区内一套两室一厅的小房子。母女俩失去了唯一的窝，得到了不算多的钱。

林朔云沉默了许多。她回到学校后倒是再没遇到异常事件。她也无法联系上爱幻想的顾望。无线电通信器摔坏了，换了新的元件却再也找不到顾望。有时候，林朔云觉得自己的朋友顾望可能真的在前往火星的星舰上。

韩斐倒是和林朔云熟悉了起来。他还去医院探望过林朔云，把笔记借给她。他的朋友苏慕不久前离开了学校，据说是出国留学去了。

“要记得进火箭班有奖学金。”韩斐的话对林朔云来说是一剂强心针。

这天，妍妍气鼓鼓地回来，对林朔云报怨：“不知道谁说你和韩学神关系暧昧。其他班的女生都向我打听你。”

林朔云笑了，“我一心好好学习，哪有什么其他的想法。我和韩斐是革命同伴的友谊。妍妍同学，你不对劲。”

妍妍看着眼前微笑的女孩，“我也觉得我才是你最好的朋友。其他人都要排到我后面。”林朔云越来越好看了，就像渐渐绽放的栀子花，清新美好。

“阿姨的骨折好了吗？”妍妍问。

林朔云的笑容舒展，“好多了”。老师允许她中午回家照顾妈妈。看着妈妈渐渐康复，她也觉得安心了不少。唯一的遗憾就是顾望的消失。用社团的无线电呼叫，无论怎样也无法再调频找到顾望。

初夏树影摇曳。林朔云和妈妈饭后收拾桌子，清洗碗筷。客厅的电视机里正在播放着午间新闻。莫名的干扰让电视画面变得模糊，声音也断断续续。

林朔云擦干了手，站在电视机前，她发现模糊的画面渐渐变得清晰，像是某处的风景介绍。林朔云的视线一凝。这风景无比熟悉，正是最近一段时间里她梦到的画面。金色河流，蓝色花朵，水下之城。奇妙梦境里的片段居然出现在电视机画面里，这简直匪夷所思。

电视机画面抖动了一下后恢复正常，继续播放着社会新闻。那些风景似乎只是林朔云的幻觉。

“妈，你刚才看电视上播的是什么？”林朔云回过头问。

“风景介绍？你挡了大部分屏幕，我没看清楚。”林眉回答。

无法描述的寒冷从林朔云的脚底升起。她突然想起顾望说过的话：这种幻觉很多人都有，不仅仅存在于梦里。

林朔云回到房间，拉开抽屉，从抽屉的最深处拿出一个纸盒。纸盒里装着四分五裂的石头，蓝灰色的断面上有着云母一样微微发光的细小亮片。林朔云渐渐觉得，也许顾望的那些幻想是真实存在的。他住在地月空间基地，不久前搭乘去火星探索的星舰。他和她隔着的不仅仅是空间，还有时间。

就在这个时候，林朔云惊讶地发现，裂开的石头之间有淡蓝色的光雾涌动。它们丝丝缕缕聚集在一起，渐渐发光，照亮整个抽屉。

2050 年。

此时的金沙号星舰距离火星大约两百万千米，金沙号航行了近四千万千米，即将结束航程。二十年前，从地球抵达火星需要一年以上的航行时间。如今只需要三个月。但是，前往太阳系以外的异乡星也许要耗费一百年的时间，除非真的从火星找到即刻跳跃到异乡星的方法。

顾望明白了将百年的距离化为一刻的巨大的诱惑。哪怕有万分之一的机会，桂荣、菲娜、顾琛也会去尝试。人类文明将因此迎来全新的跳跃式发展。问题在于，也许火星那个通道后藏着的除了幽灵病，还有无法想象的厄运。亿万年前，火星人放弃了火星，到底是去了异乡星，还是彻底抛弃了肉身，变为意识体?

星舰调整位置，躲避一场来自狮子座的陨石雨。它们曾是某颗星星的一部分，如今在漫长的旅行后进入了太阳系。

顾望在七号运动室锻炼身体。这里的人工重力和地球一样。顾望玩的是躲避球游戏。屋子的一面墙会不时喷出快速飞行的小白球，被小白球击中就会被扣分。

玩得气喘吁吁的顾望专心致志地躲避着小白球。他的灵敏度是这艘星舰上最弱的，连医务官白堇也比他强得多。火星遗迹在地下，由枯竭的水道向下抵达。因为气候极其恶劣，没有可供呼吸的氧气，先遣队的人需要背负维生装置进入。谁能想到这死寂的星球会隐藏着神秘的通道，甚至能跳跃进入光年以外的异乡星？专家组一度以为这是火星人留下的骗局，但遗迹里描绘的星轨位置确实就是异乡星的位置。

小白球同时从墙壁里弹出的数量越来越多，速度也越来越快。

顾望的右腿被击中，他半跪在地上看了看时间。他坚持的时长比昨天多了一分钟。

白堇站在门口看着努力锻炼的少年，眼底是盈盈笑意，“有进步，顾望你要做加重量训练，否则你可能背不动个人维生装置。”

顾望淡淡抬眼，“我不能使用单兵外骨骼帮助负重吗？”他在顾琛的收藏室里看到不少好东西。

白堇惊讶地说：“你一定和顾琛关系密切。他收藏的单兵外骨骼是艺术品，也是强大的兵器。”

顾望没有对外提及自己和顾琛的亲戚关系，他问白堇：“金沙号上还有制式单兵外骨骼吗？”

白堇神秘一笑，“制式单兵外骨骼没什么好玩的，不如我们去看看 X9 实验体。它可是应对火星突发灾难的救援者，机器人时代的奠基者。”

“X9？”

白堇回答：“月球基地开发的适应火星环境的人工智能机器人。外形和人类一模一样，无论是神态还是触感都和活生生的人一样。X9 战斗力惊人，就像惊奇小说里的超人类。”

顾望和其他少年一样都有机器英雄梦，对 X9 非常感兴趣。他在白堇的怂恿之下找顾琛表达了想要观摩 X9 的想法。

顾琛带着顾望和白堇穿过星舰底层的走廊。这里和先遣队工作的地方截然不同。蜂巢状的墙壁由一种浅灰色合金铸成，地面是黑色栅格，脚踩上去咯吱作响。

“金沙号采用核能推动，也使用太阳风帆节省动力。如果进行太阳系外航行，还会利用行星引力把星舰‘弹射’出去。在星舰的底层设置了菌类繁殖区，你们可以把它理解为我们的粮食基地。”顾琛右手的手环亮了起来。

合金门在顾琛的手势下滑开，柔和的光流泻而出，“X9 不是冷冰冰的机器，它非常聪明，学习能力极强。我一直担心它过于像人类，以至于在关键时刻犯下错误。”

顾望震惊地看着站在圆柱形透明罩里的少女，一时之间感觉到了命运的巨大恶意。X9 有着顾望看过的脸，洁白娇嫩，像是微雨里的栀子花。这是林朔云的脸。

X9 穿着金沙号的深蓝色制服，轻盈挺拔。它闭着双眼，仿若沉眠于梦乡。

“怎么了？没想到超级机器人居然是一个少女的形象吗？那是因为 X9 之父韩斐赋予它这样的外貌。”

“韩斐？”顾望有些疑惑。

“韩斐是研究人工智能的专家，在机械制造领域也颇有建树。”顾琛回答。

顾望想，韩斐一定认识林朔云，而且是高中时代的林朔云。顾望所在的时间线里，林朔云辍学远走他乡，四年后死于谋杀。韩斐却让逝去的林朔云以另一种方式活了下去。

顾望靠近 X9，温和地凝视着它。

X9 在此时睁开了双眼。它的瞳孔深处是淡蓝色的光点，像是什么苏醒了。那些淡蓝色光点隐去，它的视线落在了顾望身上。

在 X9 的眼中，顾望的身体数据一目了然，被判断为没有任何威慑力的弱者。紧接着，X9 开启深层扫描。顾望是幽灵病患者。X9

的神情变化了，它伸出了手。

顾琛阻止X9继续行动，他强调，“这是我的客人。”

X9微微一笑，神情自然，宛若真人，声音也和顾望记忆里的林朔云一样悦耳动听。它平静地说：“尊敬的顾望先生，欢迎光临金沙号。”

顾望怅然若失。他突然明白林朔云在2022年即使遭遇厄运，依然不缺乏关怀。林朔云没赶上出事的公交车，没有被烧伤，甚至和父亲重逢。她能不能脱离原本的命运轨道，创立新的时间线？

X9笑了，“你是在通过我怀念什么人吗？”

顾望觉得X9的眼神太过犀利，他有些窘迫，问：“你有名字吗？”

X9回答：“我叫朔。很少有人问我叫什么名字，所以我允许你叫我的名字。顾望。”

顾琛没想到自己的堂弟顾望轻易赢得了朔的好感。朔的情感逻辑基于一种复杂的算法，它也因此在非战斗状态下拥有好恶。

顾琛对顾望说：“你可以请朔为你做体能训练。它能精准把握受训者的身体状况和极限状态，达到最有效的训练结果。”

顾望忐忑地望向朔，问：“你能帮助我吗？”他知道朔不是林朔云，他只是觉得在似曾相识的朔那里学习会更放松。至少朔并没有发现他能小范围操控时间流速的秘密。

朔微微一笑，平静笃定，“很高兴为你效劳”。不知道为什么，顾望觉得自己厄运将至。

训练前的空隙时间，顾望在星舰的资料库查询人工智能专家韩斐的资料。如今的韩斐正值壮年，头发浓密，相貌英俊，气质高华，并非常见的科学家的形象。他果然曾经就读于西华中学，之后进入一流学府深造，大学时代就在导师的实验室崭露头角。

2022 年。

街道两侧的蓝花楹盛放，如蓝紫色的云雾在高大的树木上停留。蓝花楹可以长到七八层楼那么高。它的树皮薄，是灰棕色的。浅红棕的树枝细长，一串串的蓝紫色花会开到盛夏来临。

上午十一点。林朔云在学校附近的菜市场里挑选蔬菜和肉。她和韩斐的期末考试成绩已经出来了，两个人都顺利升入了火箭班。想到不菲的奖学金，林朔云忍不住往菜篮子里添了一块切好的西瓜。日子越来越好了，她想。现世安稳，她努力考上好的大学，以后出来自力更生，还能照顾妈妈。这样的日子哪怕再多艰辛，她也能度过。

“小姑娘，你这鱼要切块吗？”卖鱼的大婶笑眯眯地问。

林朔云抬起头来，菜市场从她的视野里消失了！

金色的河流下，超时代城市的幻影越发清晰。这一次，她看到了熙熙攘攘的人群。他们身材高大，穿着白袍，容貌符合黄金比例，眸色与肤色不尽相同。唯一相同的是他们的神情，平静到近乎冷漠。

这是巨城一次规模巨大的宗教聚会。金色的恒星太阳是巨城人的信仰。琐碎的信息不知从何而来，在林朔云的意识层面产生微妙的涟漪。

新消息在人群中传递，人们终于露出了惊讶复杂的神情。永生的时刻即将来临！

第七章
千亿个文明的背后

这是一段遗落在时光缝隙里的文明故事，是无尽岁月里也许在银河系千亿行星里不断上演的戏剧。

对于林朔云这个十五岁的小姑娘来说，她还不能真正理解眼前的一切。对于地球的历史来说，林朔云的生命短暂得甚至不如蜉蝣。

戴着太阳神金色面具的火星祭司雕像矗立在殿堂里，威严肃穆，从穹顶俯瞰着众人。

林朔云看到巨大殿堂里的人们在祈祷，金色的涟漪以此处为中心诞生和扩散。

被金色涟漪触碰到的人变成了金黄色的沙粒，滑落在地上。

金色涟漪越来越大，渐渐将城市覆盖。有些人往城外逃，不管是徒步还是乘坐飞车都无法避免金色涟漪的触摸。金属地面上渐渐积满金沙，人从这个世界上消失了。

数百艘星舰似乎想逃逸到外太空，却被金色涟漪追上，所有的船员都消散为沙粒，绝大部分星舰将在高空中悬浮百年千年，直至能量耗尽。数艘设置了自动航行路线的星舰会跨越茫茫太空，最终孤独地抵达目的地。

身体瞬间沙化的人们的意识如溪流入海一般汇聚。一个全新的庞大的意识体产生了！它近乎全知全能，能够影响潮汐和地面上的一切。它开始思考宇宙尺度的问题。

这颗星球上宏伟的建筑，人类遗留的文明产物，对它已经没有任何意义。它想要离开星球，去探索其他的星星所在地。

林朔云看着眼前的一切，心中隐隐悲哀。这种形式的永生抹除了所有人的个人印记。你叫什么名字，喜欢什么讨厌什么，爱过谁，全部化为乌有。

“小姑娘，你怎么发呆啊？付钱了。”卖鱼大婶的声音惊醒了林朔云。

林朔云付钱拿了鱼，匆匆离开菜市场。她总觉得刚才看到的奇异幻觉一定有着它独特的意义，并非被人袭击后产生的后遗症。

林朔云站在街头，看着晨间的阳光稀薄透明，觉得自己的生活熟悉而陌生。从出生到现在的十五年，她遇到的困难是没有父亲，没有钱，要照顾妈妈，好好学习。人类文明的更迭对她来说只是天方夜谭。

“林朔云——”韩斐叫住林朔云。

“你怎么在这儿？”林朔云勉强地笑笑。

韩斐微微一笑，“我妈为了庆祝我进入火箭班，带我来这里吃饭。”

林朔云这才发现自己站在一家私房菜馆的门口。韩斐的身后站着他的母亲。

韩斐的母亲周臬含笑注视着林朔云。周臬有着精致女人的风韵，她穿着藕色中式改良旗袍，珍珠耳环温润大方，她的眉眼和韩斐相似，艳丽却冷淡。

韩斐的母亲问："小斐，这是你的同学？"她总觉得韩斐的女同学在哪里见过，依稀熟悉。

韩斐点点头，"这是我母亲，周女士。"

林朔云向周女士问好，然后对韩斐晃了晃菜篮子，"我还要回家做菜，就不和你多说了。"

周臬目送林朔云远去的身影，"小斐，这位同学是你在新学校里结识的朋友？"韩斐性子冷，很难得会主动和人打招呼。

韩斐点了点头，带着周臬进了私房菜馆的院子。他也不知道自己刚才为什么会叫住林朔云，总觉得她似乎会消散在人海之中。

两人在二楼窗前坐下，俯瞰着精致的院子。清风徐来，郁郁葱葱的大树上传来鸟叫声，让院子幽静了起来。

"我在哪里见过你的新朋友，却怎么也想不起来。"周臬纠结。

韩斐说："您常年旅居国外，林朔云没离开过这座城。或许您是见过和她长相相似的人。"

周臬看着儿子，似乎想起来什么，颇为激动，"她和凝露阿姨家里照片上的人很像。小斐，说不定她真和照片上的人有关系。我可不信有长得如此相似却毫无关系的人。"

凝露居住在瑞士，但她家族的人从未放弃寻找她的姑婆以及姑婆的后人。在战火纷飞的年代，凝露的姑婆杜若和家人失散。那时候的姑婆正值豆蔻年华。凝露的爷爷杜含章一直坚信妹妹杜若还活着，数度来华寻人，还是没能找到杜若。时光飞逝，杜若如果还活着，已是八十七岁的老人。

暮色升起时，韩斐带着周臬来到林朔云一家租住的公寓。周臬行动力惊人，从班主任那里得到了林朔云的居住地址，又盘问儿子得知林朔云家境清寒。她甚至打了跨国电话给凝露，问了许多和凝露的姑婆杜若相关的信息，想要印证自己的猜测。

骨折手术上的钢板钢钉已经一个月了。林眉的手臂不用再吊在胸前，除了时有酸痛，已经大为好转。她第一次迎接林朔云的同学和同学家长，热情地将自己熬的酸梅汤端出来待客。

周臬想要热情时自然令人如沐春风，不过三言两语就和林眉找到了话题，讨论孩子们的学习和未来。

林朔云和韩斐在阳台上闲谈。

林朔云小声问："你和你妈怎么想着上门拜访？我开门时简直不敢相信自己的眼睛。"

韩斐也拿周臬没有办法，解释道，"她见了你之后，和我说你长得很像她朋友的姑婆。她也是抱着万分之一的希望来拜访你母亲。"

林朔云只知道太外婆是战乱时候被太外公在江浙一带救了，辗转来到蜀地定居。太外婆生病发烧，将小时候的事情全忘记了。林朔云很喜欢太外婆，她娴静温和，对外公外婆和母亲都极好，还会做小点心给自己吃。

韩斐喜欢林朔云居住的小区，这里大树颇多，小区整洁安静，最重要的是离学校极近，步行可达。前阵子，他看新闻得知林朔云常常搭乘的那路公交车发生事故，还有人被严重灼伤。

林朔云回过头看了看默默流泪的林眉，感叹："你妈还真厉害，我妈从不在外人面前哭的。"

韩斐尴尬地笑笑，"也许那是喜极而泣。"凝露阿姨的家族低调殷实，如果林朔云的母亲真是凝露阿姨姑婆的后人，能极大地改善母女俩的生活，改变她们的命运。但是，林朔云对这样的事情想的就是，林眉如果还有亲人就不会那么孤独了。

客厅里，周臬心中隐隐有底。林眉的外婆来自江浙一带，和凝露的姑婆失踪地一致，年月也相差无几。她生病失去记忆，自然也不可能记得自己本来的姓名，更不会去寻找失散的亲人。

林眉从衣柜里翻出旧相册，指着相册最后的一张照片，"这就是我外婆，她生了我母亲后，和我外公一起去照相馆照了相。"照片里清秀婉约的女子看起来和林朔云几乎一模一样。

周臬在林眉许可后用手机拍后发给了凝露，"接下来就需要验证您和凝露爷爷的亲缘关系。这方面我们有专业团队可以协助。老爷子已经九十岁，一直念念不忘失散的妹妹和她的后人。"

林眉没想到自己在这世间除了林朔云，也许还有亲人。她想着自己身体不好，不能一直看着女儿。如果女儿在这世间还有亲人，至少没那么孤单。

林眉和林朔云都没有打听凝露爷爷的情况，一切都等基因检测结果出来再说。

这些命运事件对那个林朔云来说，都没有发生过。林朔云的命运因为某个小事件发生了微小的差错，却彻底改变了整个人生。

2050 年。

秋天，金沙号星舰在干涸的荒漠着陆。漫长的旅行终于结束，目的地并不是天堂，而是环境恶劣如地狱的火星。

火星的南半球是遍布山脉、干涸河床和陨石坑的古老高原。火星的北半球则是布满火山熔岩的平原，宛如炼狱景象。奥林匹斯山巨大无匹。

这里的岩石和土壤呈现锈红色，荒凉寂寞。站在火星粉红色的天空下，顾望的脑海里是天京院子里那棵樱花树。粉色樱花的颜色是这天空的颜色。

第二先遣队已经前往采样点采集数据。顾琛特意让朔保护顾望前往地下遗迹所在地。

朔站在全副武装的顾望身旁。它不需要氧气，特种合金的骨骼足以对抗沙尘暴，抵御宇宙高能辐射。穿着制服的它英姿飒爽，将穿戴着维生装置和防护服的顾望衬得蠢笨无比。

顾望环顾四周，宛如死寂荒漠的火星在亿万年前是一个温暖潮湿的世界，甚至拥有超越目前人类科技水平的火星文明。地球文明已经在月球建立基地，也将在火星建立第二基地。如果无法抵达异乡星，火星改造就会提上日程。

朔拍了拍顾望的胳膊，顾望险些栽倒进沙堆里，“沙尘暴还有一小时就要来了，我们需要在那之前进入地下遗迹躲避。”

地下遗迹的入口是一段干涸的河道，河道的材质特殊，亿万年也不会被风沙侵蚀，沉默如时光本身。

河道某个下陷处看起来平平无奇，却没有沙粒能够进入。洞口似乎覆盖了一层看不见的膜，阻挡风沙，亿万年保持着能量运行。

远古洪水曾经流泻的洞口是旋转往下的巨大深井，朔率先走进深井边缘，轻捷无声。

“为了节约时间，我们可以跳下去。你的防护服外设微型个人飞行器，我也可以保护你。”朔的声音清脆明亮，如黑暗里的一线光。

顾望身后的背包伸展，他握着朔的手跃入深渊。这是有着人类体温和触感的手，纤细干燥，却充满着掌控一切的力量。

空气稀薄。他们下降的速度极快。黑色的深渊却仿佛没有尽头。顾望敏锐地察觉到了时空的不连续性。他自从觉醒了时间之力后，对世界的本质感受得更为清晰。

从未产生幻觉的顾望第一次见到了幽灵病患者述说的幻境，一座黄金河流之下的巨城。金色的涟漪安详如微风，收割所有的生灵。这是火星文明的终结之日，也是截然不同形式生命的开启之日。

朔带着顾望坠往右侧的洞壁，它在洞壁上飞速奔跑，卸掉大部分冲力，落在了洞底。这里有着灰黑色的动物雕像，大约是亿万年前火星存在过的野兽图腾。巨大的野兽之口从赤色沙粒里探出，那是通往更深处的门。

顾望踩着沙砾走进巨兽之口，他似乎看到了亿万年前巨兽在沼泽区奔跑的身影。它褐色的身躯上有着金色的斑点，追光逐日，被人们认为是太阳神的坐骑。

朔突然问顾望：“你第一次看到我的时候似乎认识我。为什么？”

顾望不知道该如何回答，只能保持沉默。

朔的身影轻捷矫健，继续说：“我发现你藏着一些秘密，但我没有告诉顾琛。”

在这死寂星球的地底，顾望问：“什么秘密？”

朔捏住了顾望的右手手臂，“你身上有进化的痕迹，一种复杂的、全新的超能力。你不是那种通常意义的进化人。你的身上有着异种文明的气息。”

顾望问：“异种文明？那是什么？”

朔在微光下笑容清澈，“你该不会以为地球文明从未和其他星球的文明遭遇过吧？”

顾望迟疑了几秒，“新闻里没有出现过类似的报道。”

朔一边带着顾望向火星遗迹的最深处奔跑，一边解释：“地球文明属于初级文明，还没有和其他更高级文明建交的资格。一旦地球进入二级文明序列，就能接入星网，获得更多的资源和科技，整个文明发生跃迁。但有些异种文明出于种种原因和我们发生了接触。我也是人类科技和异种文明合作下的产物。”

顾望觉得听到这种秘密的自己似乎见不到明天的太阳了，他有些忐忑，“有些事情你不用告诉我。我们其实并不熟。”

朔盯着顾望，就像猛兽盯着弱小的猎物，“我觉得我们其实很久以前就见过。只是我居然记不起来在哪里见过，是什么时候。现在，就在我的面前，展示你的力量，展现你活着的价值。”

顾望欲哭无泪。在这与世隔绝，没有什么氧气的地底，他还要向非人类朔证明自己存在的价值。

顾望回答："我的力量每天有使用次数限制。也许我应该把它用到那个神秘通道。"

朔沉默了几秒，笑容越发生动、类人，"你还真好骗。其实我并没有发现你有什么异样。我只是好奇顾琛为什么允许自己的亲人来火星这种可能丢掉性命的地方。身为幽灵病患者，你被独自带来火星一定有特殊的原因。"

顾望默然。彪悍狡猾的人工智能，他完全惹不起。

朔平静到近乎冷漠，继续说："顾琛并不是我的主人。人工智能并不一定需要一个奴隶身份。顾望，我会保护好你，让你找到神秘通道的开启方法。它已经存在亿万年，孤单地等待在这没有任何生命存在的荒凉之地。我想，它的存在一定有它的意义。"朔的肢体损坏后可以更换，它的记忆和思维可以通过升级算法不断迭代。朔对时间的流逝没有任何感觉，它是人造物，也是比人类更接近永恒的存在。

数个小时后，顾望和朔一起来到了地下遗迹的最深处。一座巨大的城。他们并没有徒步，而是换上了体积小、速度较快的飞行滑板。

这里曾经水波荡漾，是火星环境恶化后的避难之城。巨大的穹顶上，人造太阳已经暗淡，不再释放出光与热。街道一尘不染，角落里躺着坠毁的飞行器残骸。城市里所有会腐朽的物体都已化为尘埃。建筑物本身似乎融入了什么物质，一直屹立不倒。

城市的中心有一个巨大的圆弧，连极其坚硬的地面都下陷了数米，似乎有一个无形的巨大圆球将它范围内的一切都摧毁了。

顾望的脑海深处，一些细碎的泡沫缓缓升起。那是关于一座金色河流下的巨城的故事。金色的涟漪就是从这里荡漾开来。

第八章
闪耀

2022 年。

火星荒凉的巨城也曾在林朔云的眼前出现，向她展示所有火星人化为一个庞大意识体的全过程。

林朔云有幸目睹了其他文明的质变时刻。但是，对现在的她来说，生活里最重要的事情还是照顾好妈妈林眉，以及在火箭班不要掉队。

当然，林眉是否还有亲人也是她关心的事情。在韩斐和他的母亲上门拜访后的第二天，林家再次迎来了访客。

林眉外婆的哥哥杜含章和大儿子杜启文自苏黎世机场乘坐朋友的私人飞机来到蜀地，整个行程十多个小时。在上飞机之前，杜含章只是看了林眉外婆抱着孩子的照片就确定那是自己失散多年的妹妹。他等不及基因检测报告出来就通过特殊渠道来到这夏日明媚的城市，也在下飞机的第一时间获得了基因检测报告。林眉和家族有亲缘关系。

七十多年的时光埋葬了一切。杜含章和杜若年少时分离，终其一生也没能再度相遇。

杜含章一进门就看到了林朔云。他觉得自己见到的就是年少时的杜若，一样恬静动人。想到启文说的杜若一生颠沛流离吃了许多苦，杜含章就眼圈发红。他寻找了妹妹许多年，最后却是凝露的密友周袅女士意外发现林朔云的模样和杜若极为相似，这才顺藤摸瓜寻到了杜若的痕迹。

林朔云看着眼前头发雪白、一丝不苟的老人似乎要哭出来，一时愣住了。她最不擅长安慰哭泣的小孩或老人。

林朔云让客人们坐下，她去厨房给客人沏茶。林眉去小区外的银行办事，还没回来。

杜含章打量四周。家里陈设略旧，倒也干净整洁。沙发上搭着竹席，没开空调也不燥热。窗外绿树成荫，清风徐来。

林朔云知道访客是杜家人，因此才接待了他们。

林朔云问杜含章："您真的是我外祖祖的哥哥吗？"

杜含章点头，心中五味杂陈，最后问："你外祖祖去得安详吗？"

林朔云回答："听妈妈说，她就是睡前觉得累，睡着后就再没有醒来。"

三人唠家常，等着林眉回来。林朔云平淡地讲述着她和林眉的生活。

说到父亲，林朔云顿了顿，"我妈没结过婚，我没有父亲。他当初抛下我妈去了国外。我妈也对他死心了。"

杜含章知道这事，并没有深入调查林朔云的父亲是谁，他强调：

“以后你和你母亲跟着我过好日子，以前的事不重要。”

林朔云讶异地抬头，“我和我妈哪里也不去，我还有两年就高考了。”

“出国留学不好吗？你成绩不错，再让启文找找他的校友，能让你上国外一流的大学。”

林朔云正要拒绝，林眉推门而入，惊讶道，“小云，这是？”林眉没想到家里居然有陌生人。

杜含章终于见到了林眉，“林眉，我是你外婆的兄长杜含章。”

林眉和杜含章相认后，心中也挺高兴，但她也婉拒了杜含章想要带母女俩出国的建议。

“我从小生活在这里，熟悉这里，不想再去别的地方重新开始。最重要的是，我外婆教过我不要靠别人。靠山山倒，靠人人跑。”

杜含章挺欣赏林眉的本分老实，“我只是希望你和朔云多走一些地方，开阔眼界，更明确自己的理想。我不会干涉你和朔云的未来。只是，暑假到了，不想去我居住的瑞士看看吗？我们还可以一起游览欧洲，看看那里不同的文化和文明。”

一周后，林眉母女跟随杜含章前往瑞士，开始了第一次欧洲之旅。瑞士的城市大多依湖修建，苏黎世湖长约三十九千米，从苏黎世市向东南延伸，呈新月形。苏黎世湖的北岸就是杜含章的家。湖水晕染着天光，野天鹅在湖水中游过，宁静美好。

林朔云坐在湖畔喂食野天鹅，她忍不住想象着顾望乘坐星舰抵达火星那一刻的感受。那一定更加兴奋和喜悦。

2050年。火星地下遗迹。

此时的顾望并不觉得兴奋或喜悦，他只觉得这趟旅程比地月游乐园俯冲旋转飞机刺激得多。他的心情也有些沉重。看着火星遗迹，他仿佛看到了遥远时光后人类的结局。文明和花朵一样，可能会被时光的洪流淹没甚至摧毁。

这地下巨城曾经是火星人的避难所，他们甚至拥有小型核聚变技术，创造了地下太阳。

顾望不明白的是为什么火星人拥有异乡星的星际坐标，甚至创造出前往异乡星的通道，却不整体移民到异乡星。除非火星人认为异乡星比资源枯竭的火星还要危险。又或者因为某种原因，部分火星人已经去了异乡星，剩下的火星人选择生活在地下城。顾望心中暗自警惕，他觉得桂荣似乎把异乡星想象得太过美好。更奇怪的是，比起异乡星，距离火星更近的地球在亿万年前拥有原始海洋，日渐丰富的植物，可以作为食物来源的恐龙。火星人为什么不迁移到地球？

无数疑问在顾望的心底萦绕。火星人不可能看到近在咫尺的地球不心动。是什么原因让火星人舍近求远？

大坑附近的墙壁上镂刻着关于异乡星的示意图，乌金色的线条简单形象，勾勒出星星的秘密和归宿。

收敛住野马一般狂奔的思绪，顾望走向大坑一侧的台阶。深灰色的台阶上方是一道纤细优美的门。这道奇异的门或者说门框矗立在那里，超越现实，超越梦境。

朔站在不远处看着火星之门，眼神平静，它能够看到门附近引力场的改变。这种技术水平，地球文明还没有达到。也许，火星之门的另一侧，异乡星就等待着地球人的到来。

顾望体内的幽灵病病原体渐渐变得活跃，在朔的眼里，顾望甚至在发亮。朔能看到人类看不到的光谱，它对世界的理解和人类并不相同。

火星之门的门柱里，奇异的能量缓缓流动起来，按照预设的轨迹。它更像是超时代的智能机器，沉默地等待着特定的讯号，然后再度从漫长近乎永恒的沉眠中醒来。

火星之门辨别的不是幽灵病的存在，而是时间之力的存在。信奉太阳神的火星祭司巴比伦预见了火星人即将在一万年后覆灭。她必须留下火星文明的种子，期待着它再度萌发的那一天。

那一天，火星祭司巴比伦得到了来自银心深处客人的帮助。客人为她展示了死寂的火星的一切。太阳神殿沦为废墟，信仰太阳神的众人在金色涟漪里变成庞大的意识体，向着宇宙的更深处前行，他们将前往异乡星。

地球是火星祭司巴比伦计划里最重要的一环。不是恐龙时代的地球，而是人类文明进入儿童期的地球。

这个跨度长达万年的计划对于某些存在来说，也不过是转瞬即逝的一点点光阴。毕竟，连太阳系也只诞生了不到五十亿年。

人一生的长度在 2050 年大约是一百年。人们将学习期缩短，学校也在收缩规模。网络技术和虚拟技术的普及让地球角落里的孩子也能在家学习文化课程。

大多数城市不再集中化发展，一些商务和科技人士喜欢居住在风景秀丽的小镇，定期乘坐个人飞行器前往中心城市。

韩斐就居住在西南边陲的水乡小镇，清晨推开窗可以见到清澈的湖水以及更远处秀丽的小山。

此时此刻，他注视着墙壁上的旧照片正在慢慢褪色，角落里林朔云的影像变得模糊到无法辨认。

时间线改变了——

韩斐有些恍惚，他的记忆也在发生微妙的变化。少年时期的朋友林朔云的一切渐渐模糊。某种逻辑冲突让林朔云的存在变得不确定。

2022年。

林朔云站在苏黎世湖的北岸，发现自己在湖水里的倒影正在消失。无法形容的寒意从她的脚后跟攀爬而上。

林朔云“看”到自己曾经跳上那辆发生火灾的公交车。事故发生时，火焰舔到了她的脸颊。无法形容的灼疼让她喊了出来。伤愈后，她没能考上火箭班。看着镜子里的自己，她不想再出现在学校，接受那些怜悯。林朔云成了脸上带着烧伤疤痕的女孩，在异乡讨生活，沉默寡言。

她做保洁的某一天，和同事一起打扫会场。她再度看到了韩斐。他来参加全国数学比赛。毫无疑问，他和她的人生已经截然不同。云和泥的差别。

时光跳到了数年之后，一场车祸结束了林朔云的生命。

痛苦和眩晕占据了林朔云的头部，她栽倒在苏黎世湖里。

诡异的是，这一刻的湖畔没有一个人。岸边草木郁郁葱葱，湖面波光粼粼，蓝天白云投影在清澈的湖水里。一切都惬意悠闲，让人察觉不到世界的恶意。

湖水里的林朔云陷入了半昏迷。她竭尽全力想要发出声音或响动。她不知道骤变为何发生，生的渴望让她不再被古怪的没发生的“记忆”控制心灵。她想要继续活下去，陪着林眉，实现自己的理想。欧洲之旅拓宽了她的眼界，但她依然打算报考国内的一流学府，学成后报效祖国。

痛苦冲击着林朔云的心灵，她努力睁开双眼，看到了一道白色的门！

就在这奇妙的一瞬，林朔云和顾望产生了视觉共享！她看到了顾望看到的一切。此时此刻，顾望就站在这道白门前，门后是摇曳的光雾。

两个生活在不同时代的人在这一瞬意识纠缠。顾望和林朔云的意识投射到火星之门上。光雾里渐渐出现了清晰的画面。一颗蔚蓝的星球在他们的视野里放大。

异乡星就这么呈现在他们的面前。这是一颗生机勃勃的星球。海水占据整颗星球的一半，河流在大陆上蜿蜒前行，归于海洋。星球上的植物郁郁葱葱，比地球的植物更为巨大。种类繁多的动物在这颗星球上繁衍生息。恒星太阳散发着热量，它是这颗星球欣欣向荣的核心力量。

这样美好的画卷让人向往，让人放下了疑虑和戒备。顾望的手情不自禁地伸向火星之门。

光雾的边缘延伸出细细的分支向着顾望的指尖流淌而来。

林朔云的心底有着细碎的声音在说着什么。那是火星地下殿堂里金色涟漪荡漾开来时一些人的哭声。站在巨大雕塑下的当代火星祭司说，那是所有火星人得到了进入永恒的机会。

越是美好，越要警惕。金色的涟漪比美梦还要闪耀，却将一切生命摧枯拉朽。

林朔云呼唤顾望："云雀呼叫月尘——"

顾望的手落下，他环顾四周，在这荒凉的火星地底，他听到林朔云呼唤自己的声音。

林朔云的声音极远又极近，清脆悦耳，在他的意识里波动着，提醒："我说，你不觉得这门后面的一切太过美好了吗？"

顾望恢复了理智，他注视着火星之门，在意识中予以回应，"我觉得这是一个圈套"。火星人消失在历史的深处，幻觉中的火星人和人类极其相似，他不由得怀疑地球人类的基因和火星人的基因有什么密切的联系。人性是相似的，火星之门等待亿万年，真的就只是为了给登陆火星的人送上一颗美丽的星球？

顾望从奇妙的意识共享状态里抽离，他知道林朔云和他的新连接再一次断开了。但是，他确信他会和她再度连接在一起。

2022 年。苏黎世湖。

远处山脉的尖顶残留着白雪，天空冻结一般深蓝着。水声哗啦啦传来，苏黎世湖北岸生长着茂密的长尾草，低垂着伸向湖水。林朔云仰面漂浮在湖里，恬静得如同陷入永恒的梦境。

白天鹅成群结队游过，它们划水的声响惊醒了林朔云。她睁开双眼，一时之间不知道在哪里。就在刚才，她似乎借用顾望的双眼看到了火星地底庞大无匹的遗迹。遗迹死寂宁静，分明是她在菜市场看到的幻境里地下之城的核心区。一样巨大的祭司雕塑，一样的穹顶。只是幻境里的城市经历着金色涟漪造成的集体蜕变。

在那奇妙的几分钟里，林朔云共享了顾望的部分意识，她得知火星之门似乎通往遥远的某颗适合人类居住的星球。这确实是一个巨大的诱惑。一颗适合人类居住的星球，意味着人类文明的爆炸式发展。

林朔云和顾望最后达成一致，那是一个圈套。问题在于，其他人会相信顾望的判断吗？

林朔云湿漉漉地爬上岸，觉得自己病了。她头重脚轻地走向后院，在看到管家时跌坐在地上。她在幻觉里看到的未来没有苏黎世的亲人，只有一连串的厄运。她的命运在什么时候，被谁改变了？

第九章
尖叫的月亮

2050年。月球基地外。

从月球上眺望地球的感觉分外宁静，就好像从个人琐碎短暂的人生里抽离，静静地注视着这颗蓝色星球上的悲欢离合。

桂荣的上司佛诺娜，联合国太空开发委员会的副委员长，站在月海里凝视着地球。她是中印混血美女，因为注射了昂贵的活性抗衰老制剂，六十岁依然美丽迷人。

佛诺娜可不是柔弱美人，她拥有在战乱地区工作十年的履历。她穿着外出机甲，只能听到自己的呼吸声，越发觉得月亮上一片死寂。

月亮的全部并不仅仅是脚下的这颗石球，在地球地幔深处还隐藏着月亮的一部分。那是因为在四十亿年以前，地球捕获了远道而来的原始月亮。原始月亮撞入成长中的地球，部分碎片变成了如今的月亮，部分碎片成了地球的一部分。这也解释了为什么地球和月亮上的某些化学物质具有相似性。

佛诺娜从工具箱里拿出一块灰蓝色的陨石碎片放在红褐色的沙地上。渐渐地，陨石碎片的四周形成了小小的含沙的旋风。陨石碎片渐渐发亮，像是星星的余晖在其中跳动。平静的月海一隅，地面开始微微震动。

一处岩石的中央出现一道光幕，显然这是伪装得极好的私人地下基地的入口。三十年前，月球土地就被玩笑似的一块一块拍卖。新的《月球土地公约》设置了严格的条件，只有顶级财团才能继续在月球拥有私人土地。

这是一处小型地下基地，所有者成谜。商业手段下，公司股权复杂如一团乱麻。据说是用于研究新材料的基地。实际上，基地里所有的工作者都不是人。

地球产生文明就像在午夜盛开的奇迹之花。实际上，太阳系在火星人异变前就被划为保护区，目的是保持银河系第四悬臂的智慧生物多样性。

太阳系的火星和地球所拥有的生物基因和银心某处息息相关，因此得到了超越其文明等级的关注。毕竟，除了文明等级，物种发展潜力也是重要的参考标准。

佛诺娜就是四级迪曼文明安插在地球文明里的一颗钉子。三十年前，她为了救活她的印度生母，和迪曼人做了交易，就像晚安故事里把灵魂和恶魔交易的配角一样。

佛诺娜走进地下高速电梯，在近乎失重的坠落里抵达了基地的控制中心。虚拟影像将控制中心变成海岛，海风吹过带着淡淡的咸味，脚下的白沙细腻。

联络人穿着白衬衣、花短裤躺在棕木躺椅里，拖鞋半挂在脚趾上。一杯冒着冷气的水就放在他手边。

“金沙号的幽灵病患者没有开启火星之门。”佛诺娜的声音低沉沙哑。

“真遗憾，也许预言者说的那个人还没有在幽灵病患者中诞生。”联络人叹息。

佛诺娜问：“只有那个人才能开启火星之门吗？”

联络人微微一笑，说：“预言这种事情总会有偏差。毕竟我们的世界拥有多重宇宙。如果火星之门开启，异乡星的始祖就会降临太阳系。就算没能成功开启火星之门，我们也将组建船队前往异乡星，即使这需要近百年的时间。我们正在改变地球文明的进程。”

佛诺娜深以为然，点头道：“是的。这个世界需要变化。”三十年前，她的母亲带着年幼的她跟随外交官继父去欧洲开始新的生活。她努力学习工作，将整个人生都投入贫困教育事业，但黑暗无处不在，她已经对这个世界失望了。始祖的降临将改变整个世界。

如果顾望此刻就在这个月球地下基地，他会发现联络人是他极为熟悉的人。从未接触到的暗涌其实早就出现在顾望的周围。

联络人在佛诺娜离开后，在月亮的地下默默打开了一张电子照片。照片是他和顾望的合影。

“我的儿子，我一直想要你无知无觉地继续这平淡充实的人生，而不是和我一样知道我们住在动物园。佛诺娜以为会为地球人迎来异乡星的始祖，却不知道迪曼文明的目标是火星之门里沉睡着的亿万火星人的意识体。迪曼人的伴生兽需要那些意识体作为饲料。”

联络人凝视着照片上自己一直刻意冷漠对待的儿子顾望。他曾无数次在月亮的地下注视这张照片。照片上的顾望紧抿着唇，身体重心略微外移。

一对不和睦甚至疏离的父子。

2022 年。

盛夏是灼热，是明亮，是黄昏水边的钢琴曲。

结束欧洲之旅后，林朔云回到了自己从小生活的城市，和妈妈一起继续着往日的生活。母女俩没有接受亲人的馈赠，哪怕杜含章说林眉外婆的嫁妆本该给她。

对林眉来说，知道外婆还有亲人惦记，自己和女儿还有亲戚可以联络就很好了。母女俩并没有因此想靠着杜含章过上富人生活。苏黎世湖畔的避世豪宅固然美好，但母女俩的真实生活在蜀地。

临行前，杜含章给了母女俩一个人的名片，“耀生一直负责打理我妹妹的嫁妆，他已经提前一周前往西华市，将在那里常住。你们有任何问题都可以找他解决。”林眉的固执和他妹妹杜若如出一辙，他不想林眉和林朔云受到一丝委屈，也不愿意罔顾她们的意志替她们做出选择。

林眉和林朔云都没有联系名片上的人的打算。

新学期开学不到一周，火箭班的每一天都那么充实，让林朔云见识到了火箭班的可怕。试卷不一样了，学习进度不一样了。学霸们将焦虑藏在心底，看起来稳重开朗，其实不少人离开学校还要上补习班，几乎每个人都不会早于十二点入睡。

林朔云抓紧每一分钟学习理解掌握着老师们教给大家的知识。她在暑假游历了欧洲，在博物馆里看到了百年前被西方列强掠夺走的中华文明的瑰宝，深深明白了什么叫“为中华之崛起而读书”。

至于顾望，林朔云偶然在深夜会想起火星之门前发生的一切。那时她的意识无视时间和空间的阻隔，和顾望的意识重叠在一起。三十年后的世界，林朔云无能为力，她只能做到提醒顾望小心陷阱。三十年后，人们已经抵达火星，地月空间基地也出现在了地球的上空。飞速发展的未来似乎会将懵懂的人抛下，林朔云觉得自己更应该努力学习，珍惜现在的一切。她也暗自期待着，自己能再一次和顾望的意识重叠，看到真实的令人激动的未来。

黄昏时，林朔云的生父苏学谦再次出现在了她的生活里。他的车停在校外，让司机邀请林朔云上车一叙。

“我还有事。”林朔云说。

司机彬彬有礼地回答：“苏先生说，事情和您的母亲林眉有关。”

林朔云思考了几秒，坐进车里。她坐定后隔着玻璃窗看到不远处的韩斐。韩斐背着书包站在路边的树下，黄昏里的他安静而沉默，就像另一棵树。

韩斐的视线落在了林朔云身边坐着的苏学谦身上。他认识苏学谦，苏慕的父亲。林朔云为什么会和苏慕的父亲认识？苏慕昨天在微信上留言，说会回国小住。她对于自己突然转学去国外读书只说是家里的安排。

林朔云拒绝了苏学谦的晚饭邀请，“有事你直接说。”

苏学谦隐忍地皱眉，“林眉在医院的复诊报告出来了。她的身体出了问题，是早期肺癌。”

林朔云愣了愣，“你说什么？”

“我可以安排林眉去瑞士接受治疗，但我希望你以我女儿的身份来苏家。”苏学谦从伦敦那边得知苏慕的病情后，就觉得苏慕已经没有什么用处，自己不能放任林朔云流落在外。

林朔云看着苏学谦笃定的神情，声音平静地拒绝道，“我哪里也不去。我要陪在她身边。”

苏学谦忍耐地劝说，“你们付不起昂贵的治疗费，而且她这么拖累你，你的学业也要被耽搁。”

林朔云冷淡地看着苏学谦，“你大约是把我当作物品，觉得可以拿出来炫耀。我妈的死活，你并不关心，只是把她当作让我屈服的筹码。可是，苏学谦先生，我不是孤立无援，我和我妈还有亲人。”

林朔云下了车，裹着黄昏的阳光赶回家。她把顾耀生的名片放在了书桌的抽屉里，现在是联系顾耀生的时刻。

此时此刻，城市的另一端，苏慕正和佛诺娜在一家印度餐厅用餐。苏慕看起来状态不错，笑意盈盈。十五岁的她穿着成熟了不少，看起来有十七八岁。她本来以为自己的人生没什么希望了，却意外在精神病院里基因解锁，获得了进化人的能力。医院失火后，苏慕被秘密送到了伦敦郊外的机构。苏慕在那里见到了佛诺娜，一个强大而神秘的女人。佛诺娜需要她的能力，将她带回了华国。

机构能提供给苏慕的金钱和权力远超过苏学谦可以给她的，她讨厌当初苦苦哀求父母的自己，更讨厌无情的父母。她没想到的是，佛诺娜的目的地也是这座城市。

“顾耀生是杜氏财团的职业经理人之一，掌握着巨额财富。最近，他离开欧洲常住西华市。我想要你得到他的信任，找到他收藏的某块特别的月球陨石。”佛诺娜轻声说。苏慕属于D级进化人，能力并不算强，却有一定的用处。她能无形中消除他人的戒备，然后有一定概率获取目标的心声。这种概率的大小和目标的意志力以及情感有关。

“没问题。”苏慕自信地微笑。从伦敦回国的这段时间里，她似乎能轻易获取她的手接触过的人的信任和好感。

苏慕站起来，走向顾耀生所在的位置。她穿着晕染的粉蓝色长裙，就像一朵蓝色鸢尾兰。

黄昏将尽，天边的月亮已经爬上来了。今晚的月亮微微发红，群星暗淡。

苏慕还未靠近顾耀生就被看似客人的保镖拦住。她露出大方开朗的笑容，问：“这里不能过吗？”

保镖沉默地注视着苏慕。餐厅那头，佛诺娜漫不经心地握了握手指，保镖的眼神变得恍惚。

苏慕和保镖擦肩而过，出现在顾耀生的桌前，言笑晏晏地说：“您就是那个传说中的顶级职业经理人顾耀生吗？”

顾耀生望向苏慕，微微皱眉，吩咐失神的保镖阻止苏慕靠近。他认识这张面孔。为了更好地服务于林眉母女，他找人事无巨细地调查了林眉母女的近况。苏学谦一家是他重点关注的目标之一。林朔云被袭，苏慕匆匆出国，时间线太近，而且苏慕有隐瞒的精神病史。他已经整理报告提交给了杜含章。一场不动声色的报复即将开始。可为什么原本应该待在伦敦的苏慕会出现在本市?

顾耀生站起身来果断离开。不知道为什么，他临走前看了餐厅里一个棕发混血女郎一眼。她拥有野兽之瞳。

佛诺娜看着顾耀生的背影。苏慕的力量不能影响顾耀生的心智，他似乎随身携带着能影响进化人能力的东西。历史悠久的家族在漫长的岁月里总会发现和收集到一些神秘物品。

苏慕有些沮丧地回到桌旁，“我下次一定能接触到他。”

佛诺娜摇了摇头，“他似乎认识你，对你保持着戒备。”苏家的生活圈不足以接触到顾耀生，也许顾耀生只是对危险拥有超强直觉。

佛诺娜是记录在案的进化人，无法毫无顾忌地对普通人动手。只是，那块月球陨石可不只是普通的陨石。她的交易对象想不动声色地得到那块陨石。

佛诺娜微眯双眼，掩饰心底的愤怒。半年前，她得知地球不过是一个动物园。那些高端文明将太阳系划为多样性物种保护区，杜绝毁灭性掠夺的发生，骨子里高高在上，暗中在地球做各种实验，寻找着数十亿年前在太阳系解体的六级文明星舰。星舰的主要材料是珍贵的拉曼合金。那块顾耀生收藏的月球陨石很可能就含有拉曼合金。

苏慕和佛诺娜一起回到本市的云端酒店。夜色初然，从高楼俯瞰万家灯火，让人感受到一种掌控一切的快乐。

苏慕拿起手机，用微信向以前班上的男生姜方诉苦。这几天她陆续告诉姜方，林朔云的妈妈是破坏自己父亲和母亲感情的坏女人。而林朔云不仅在她父亲面前诋毁自己，还让父亲把自己丢到国外读书，不管自己的死活。苏慕觉得拿姜方练手，学习操控人心挺有趣。至于林朔云，她不会再亲自动手，让自己处于危险境地。

顾耀生接到林朔云的电话时刚刚离开餐厅。他没有主动打扰林眉和林朔云，却也没想到林朔云打来的第一通电话会和林眉的身体健康有关。

林眉被顾耀生亲自送到了私人医疗机构进行精密的身体检查。林眉坚持不要女儿陪伴，让她在家学习，明日照常上学。

送走林眉后，林朔云并没有回家。她坐在小区桂花树下的椅子上发呆。

她并没有太担心林眉，因为顾耀生说，早期肺癌对一些人来说并不是绝症。

夜风轻柔，花香馥郁。林朔云觉得四周的声音变得缥缈。她再度和顾望连接在了一起。

那是无比奇妙的感觉，即使没有无线电通信器，她和他也能锁定彼此的频率。

这一次，林朔云从火星粉色天空下看到了清凉的地球。它是自然女王桂冠上的明珠，拥有让人心神荡漾的魔力。

“林朔云，晚上好。欢迎来到火星观光团。”顾望的声音带着淡淡的喜悦。

“顾望，你之前遇到的问题解决了吗？”虽然被异星美景震撼，林朔云还是更关心顾望的安全问题。

“我说明了自己的看法，就回星舰了。先遣队在考察火星南部的荒原，我在地面轨道车里组装模型消磨时光。”顾望回答。

林朔云看着轨道车的车窗外荒凉的世界，问道：“火星已经死了吗？那些地下殿堂里的人都变成了沙粒，他们聚合而成的意识体后来去了哪里？”

顾望声音低沉：“我不知道。林朔云，你想过为什么我们会看到发生在火星上的很久以前的事情吗？我们甚至隔着几十年的光阴，却不约而同地看到了同样的画面。我是一个幽灵病患者，被第一批前往火星探测的人传染。而你所在的时代根本没有幽灵病，你却产生了幽灵病患者才会有的幻觉。”

林朔云苦笑：“我不敢想。我怕我在现实世界的一切会因此崩塌。我在苏黎世湖畔似乎经历了另一种人生。我在意外事故中被烧伤了脸，后来我辍学打工，再后来死于交通事故。顾望，如果每个人的命运都已经安排好了，那世界多么无趣。”

顾望安慰林朔云：“你的新人生不是更好吗？还能从火星看着地球。你怎么去了苏黎世湖畔？”

林朔云微笑：“我妈妈的外婆的哥哥找到了我们。他就住在苏黎世湖的北岸。”

林朔云说的人生和顾望从资料里查到的她的人生截然不同。顾望不知道谁改变了林朔云的人生，但也因此感到欣慰。

顾望想起了重要的事情，赶紧说：“对了，你要小心你生父苏学谦的女儿苏慕。她在未来会找人制造车祸杀死你。”

林朔云愣住了，“苏慕？她是苏学谦的女儿？”

顾望又问道，“你还没告诉我，我们最后一次无线电通话中断时，是谁深夜来你家？”

“我不记得了……”林朔云回答。一些记忆的光影如飞鸟的翅膀掠过。

“就是苏慕。她袭击了我。怪不得她很快就出国留学了。”林朔云恍然大悟。

林朔云没有纠结于苏慕伤害自己的原因，“顾望，早期肺癌在你的时代有药可医吗？”

顾望告诉林朔云，“你可以联系青杉科技集团。他们和国家人工智能研究所合作，利用算法完善基因，可治愈疾病。”2050年，青杉科技已经在人工智能和基因治疗的复合领域遥遥领先。他们甚至开发出了令人返老还童的基因药剂。

第十章
异乡星的真相

2022 年。

在黑夜的花园里，从未谋面的朋友共享着火星上荒凉奇异的风景，聊着彼此的事情。

林朔云对新世界的一切都充满好奇，也希望自己以后能在地月空间基地工作。她和顾望聊的最多的还是火星人和幽灵病。

顾望说："2022 年开始，进化人不断出现，人类进化飞速期开始了。也许你就是进化人，能够以某种方式和我连接在一起。"

进化潮在三十年里大约产生了登记在案的数万名进化人。藏匿在人海的进化人更无法估计。绝大多数进化人的能力并不会对社会构成威胁。

林朔云好奇地问："你上次说的小范围操控时间的能力算不算进化能力的一种？"她那时还以为顾望在浮想联翩编故事。

顾望回答："仔细回想，我是在一次陨石雨袭击地月空间基地后拥有了这种能力。有一位长相和你一模一样的机器人说，我带着异种文明的气味。”

“和我的长相一模一样？”林朔云很困惑。

顾望的语调有些羡慕和嫉妒：“这位机器人女士强大彪悍，它的名字叫朔，架构者是你的同学韩斐。你的同学是真正的学神。三十年后，他已经成为人工智能方面的权威。”

原来是韩斐。那个对人沉默冷峻，熟悉后却温和亲切的少年。

连接开始变得不稳定。

顾望最后对林朔云说：“我不知道我们下一次连接会是什么时候。如果那时我已经回地月空间基地，我会带着你去看太空日出，乘坐地月航班，去游乐园玩最好玩的项目，带你去看 2050 年的新世界。”

连接结束。

林朔云在黑夜的花园里静静地坐了片刻。她回家后联系顾耀生，请他询问青杉科技是否在研发针对肺癌的基因药剂。顾耀生没有问她从哪里得来的消息，温和答应。

从顾望的描述里，她确定她原本的人生就是在苏黎世湖畔看到的。莫名的昏厥让她跌入湖中，险些死去，是她和顾望的意识连接让她再度清醒，有某种规则将她当作意外，企图抹杀她的存在，让时间线回到正轨。

也许在更早以前，教室里时间卡顿那时，她就已经成为某种错误程序，需要被关注并抹除。

这一刻，林朔云甚至怀疑整个世界是否是真实的存在。会不会整个太阳系的一切都只是一个高级文明的试验场？所有的生命都在设定好的环境里经历悲欢离合，度过短暂的一生？

火星文明曾经找到远离太阳系的异乡星，甚至创建出了火星之门，但生活在地下之城的火星人选择放弃了肉体，获得永生。他们真的永生了吗？

林朔云回到家，惴惴不安地睡去。她梦到了地下殿堂里戴着金色面具的火星祭司雕像。她叫巴比伦，是所有祭司里最杰出的存在。所以她去世后，她的巨型雕像矗立在地下殿堂守护着火星人。她在一万年前就预见了火星文明的凋亡，也曾向来自银心的天外来客寻求解决之道。

林朔云在梦境的边缘浮浮沉沉。她恍惚间明白了顾望所说的进化人的意思。她也是进化人，她的能力是预见和接触！

问题在于，她并没有见到火星祭司巴比伦的计划。巴比伦为改变火星人的命运布局，巴比伦的猎物是地球人。

林朔云感觉到了巨大的危机，她仿佛听到火星祭司在时光长河彼岸意味深长的笑声。她的布局已经出现在2050年，甚至2022年。自己，顾望，火星之门，幽灵病，进化人。

火星祭司巴比伦到底想要做什么？

林朔云早晨醒来时脸色苍白，神情憔悴。她背着书包走路去学校。清晨的街道熙熙攘攘，每个人都有自己的目的地。世界如此匆忙，如此鲜活，似乎能就这么一直下去。可它也许在数十年后就戛然而止，文明之花在一夜间凋谢。

林朔云并不知道她曾经的同班同学姜方神情阴郁地跟在她的身后。

姜方的脑海里是苏慕委屈的声音。他从苏慕那里得知，林朔云是苏慕父亲的私生女。林朔云夺走了苏慕的一切，甚至让她不得不转学离开。

林朔云心不在焉地站在斑马线一侧，她多么想要立刻和顾望的意识连接在一起，告诉他自己的新发现：火星祭司巴比伦对地球文明深远的谋划。火星之门绝对不可以开启。

就在这个时候，林朔云的脑海里掠过一幅画面。一双手狠狠地将她推向疾驰而来的汽车。她下意识侧过身，推她的人猝不及防，没能将她推进车流，但林朔云还是被推得踉跄着侧跌向斑马线。她再度听到了命运恶意的嘲笑声。

韩斐抓住了林朔云的胳膊，将她拉了回来。他松了一口气，拎住正要溜走的姜方的衣领，大声质问："姜方，你为什么推林朔云？你这是谋杀！"

林朔云不明白姜方为什么会做出这样恶劣的事情，但她第一时间报了警。

2050 年。

顾望和顾琛在火星的天空下进行第二次正式谈话，讨论火星之门。异乡星看起来近乎完美，却越发让人无法相信。火星之门的存在本身也很神秘，以火星文明的发展程度，应该无法创造出拥有超时空连接能力的产物。

顾琛的制服一尘不染，眼神专注，说："我只想知道你能不能打开火星之门。上一次你给我的答案是你不能。我觉得你在说谎。"

顾望叹息，“我只是感觉到幽灵病似乎让我和火星之门产生了某种联系。火星之门并不仅仅是神秘通道，它还隐藏着一些让我害怕的东西。”

顾琛说：“这一次，我和你一起去地下遗迹。”

顾望反对，“你是舰长，不应该去危险的地方，金沙号回航还需要你的指挥。”

顾琛看着书桌上的相框。那是十岁的他和父亲顾耀生的合影，庆祝他亲手捕获了等身高的金枪鱼。想要得到巨大的收获，就要承担巨大的风险。

他说：“我对幽灵病无感。我觉得我可以去火星之门看看。朔也可以保护我。”

正在端详玻璃罩里的花朵的朔抬起头来，反对道，“顾琛，如果是意识层面的攻击，我不一定能完全保护你。人类太过脆弱。”

顾望看着和林朔云一样的脸庞，心情愉悦，“朔说得对。”

朔的视线落在顾望的身上，“你在火星之门前似乎在和人交谈。你能够和火星之门里的意识交流？”

顾望微微一笑，“我是在和我认识很久但从未谋面的好朋友交谈。她是一个生活在几十年前的幽灵。”

顾琛嘲讽地看了顾望一眼。

朔问：“她叫什么名字？”

顾望没有回答。他和林朔云的事情是秘密中的秘密。林朔云的时间线已经发生过一次变化，如果再发生变化，她也许整个人就会不存在了。

半小时后，顾望和顾琛乘坐朔开着的陆空两用车出发了。

地下河道的尽头，遗迹荡然无存，只剩下暗黑色的岩石。它就像是火星的一场梦，在黑夜里无声无息地消散。

朔平静地复核坐标，“位置没有错。火星之门的异常能量已经探测不到了。”

顾琛神色复杂，“火星之门被别人带走了？”问题是，金沙号才是火星唯一的客人。

朔查看了所有人的坐标，“都在他们应该活动的区域。也许，火星上还有其他人，但我并没有扫描到。也许，火星的这个地下遗迹本身就能移动。”

顾望站在一旁神色迷惘。难道只有他能看到火星之门？他和顾琛以及朔的区别就是，他是幽灵病患者。但是，在他和朔第一次抵达地下遗迹时，朔也能看到火星之门。除非火星之门发生了神秘的某种改变。

直到顾望跟随顾琛和朔返回金沙号之后，顾望才知道火星之门发生了什么改变。它矗立在金沙号的角落，无人看见，似乎不属于这个时空。它跟随顾望而来。

黑夜降临。沙尘暴席卷整颗火星。极度寒冷的夜里，人们在金沙号上安然入睡。

火星之门就在顾望休息舱的入口附近，洁白修长的门框像是兽类的骨骼，散发着难以言喻的魅力。它似乎认定了顾望。

顾望谨慎地避开火星之门，躺进休息舱。他隔着透明的休息舱看着火星之门，突然觉得它像是跟着陌生人回家的流浪狗，想要亲近又踌躇不前。

顾望在黑暗中小声说："别跟着我了。我不会打开你的。"

2022年。

在派出所做完笔录后，林朔云和韩斐离开了，后续的事情，她交给了顾耀生派来的律师。

夜幕低垂，群星璀璨。林朔云真心诚意地感谢韩斐。

韩斐问："你最近又是被人入室袭击，又是被同学推向车流，你是不是得罪了什么人？"姜方什么也不肯说，一直沉默。

林朔云失笑，"我怎么可能得罪……"她顿了顿，想起了顾望的话。另一条时间线上，发生意外辍学的自己死于一场伪装成意外的交通事故。凶手是苏学谦的女儿苏慕。而在这条时间线，入室袭击自己的苏慕看起来不太正常。只是，苏慕已经出国留学，怎么可能回到这里。

韩斐看到林朔云欲言又止，惊讶地问："还真得罪了人？"

林朔云平淡地述说："上次袭击我的人是苏慕。因为苏慕的父亲也是我的生父。他抛弃我妈，出国深造时娶了苏慕的妈。我也是不久前才见到了苏学谦。"

韩斐沉默了几秒，"苏慕回国了。她前天告诉了我。上学期，姜方就对苏慕言听计从。"

两个人站在夜色里，都沉默了。

林朔云说："我给苏学谦打电话，让他来处理。"林眉还在医院检查身体，后续治疗也需要平静从容的心情。她不想苏学谦打扰林眉的生活。

就在这个时候，连接突然发生了。

韩斐只觉得眼前的少女在刹那之间，双眼失去了焦距。

2050 年。

金沙号停在火星南方平原一处巨大的环形山里，红褐色的土壤就像是亿万年不曾消褪的血迹。金沙号里顾望的休息舱空荡荡的，他突兀地从星舰里消失了。

林朔云再一次出现在了顾望的意识之海里。只是这一次，顾望并不在火星之门外，而是在火星之门里。

蓝色的光线在四周飞驰，每一个白色光点都可能是一个星系。

异乡星则是远处一点微微发绿的光点。那些摇曳的幻影愈发真实。

林朔云惊讶万分，问："你为什么打开了火星之门？"

顾望欲哭无泪："那道门一直跟着我，趁我入睡的时候让我莫名其妙地进入了门里！"

林朔云只觉得自己跟随着顾望穿过光的通道，滚落到了一处宝石蓝色的巨湖湖畔。

异乡星正值清晨，冻蓝的天空仿佛能够吸住人的灵魂。有着绯色羽毛的鸟儿掠过湖面，轻盈如梦境。

巨大的漩涡出现在湖面，古老的蛇形巨兽从湖底抬起它的头，仰视着顾望。顾望觉得自己很可能是第一个登陆异乡星，然后五分钟就变成巨兽早点的地球人。

林朔云安慰着顾望，“别害怕，你还不够它塞牙缝。”

顾望看着日光照在蛇形巨兽那银白色的鳞片上，有绚烂的光闪耀。巨兽有着冰蓝色的眼睛，被它注视着就会发自灵魂地颤抖。他并不觉得林朔云的话有任何安慰作用。

林朔云用顾望的眼睛注视着蛇形巨兽，她伸出意识的触角柔和地触碰蛇形巨兽的意识，释放善意。

蛇形巨兽盯着林朔云，发出苍老悠长的叫声。

林朔云再一次确定自己的能力是接触。蛇形巨兽的记忆碎片出现在她的意识之海。它存在于异乡星已经数千年，从巴掌大的幼崽长成如今的体形。它在这落日平原的湖区度过漫长的岁月，没有见过任何一个同类。只记得它从深深的地穴爬出，是星女王忠诚的守卫之一。

“星女王？”林朔云无法领会蛇形巨兽的意思。什么女王生活在深深的地底？她发现自己的意识极其适应异乡星的一切，蓬勃的生命磁场滋养着她的意识体，让她舒适无比。

蛇形巨兽将顾望和林朔云带到了数十千米以外的森林。那里有着一个直径千米的无底深渊。蛇形巨兽告诉林朔云，星女王要见他们。

一路上，顾望觉得自己都是工具人。也许女孩子更善于和陌生人打交道，他想。

蛇形巨兽展开它的羽翼，抓起顾望，向着深渊的更深处飞去。

顾望和林朔云看到了无比壮丽的景色。瀑布落入深渊，水雾幻变出彩虹。丰富的植被在峭壁上生长，如精灵织就的花毯。浅蓝色鸟群栖息在花毯深处，如梦似幻。

日光渐渐暗淡，苔藓类植物变得繁盛。岩壁上出现荧光，构成全新的生态环境。

顾望深深觉得异乡星和地球一定有着某种神秘的联系，才会有如此相似却更蓬勃发展的大自然。

蛇形巨兽松开爪子，他们坠入云雾，然后觉得时间在不断拉长。

最后，顾望发现自己落在了他在天京时最喜欢去的海洋生物馆。

他趴在厚厚的玻璃墙上，注视着在深水里游动的鲸鱼。他想：它不属于这里，它属于大海。

下一个瞬间，海水淹没了整座海洋生物馆，把城市变为汪洋的一部分。

顾望和林朔云感到自己所有的记忆都无所遁形，被某种强大的意识读取完毕。

“你们是我在这十亿年里见过的第二批客人。”柔和的女人声音在说。

第十一章
拥有意识的星星

地穴深处的星女王并不是神话里的怪物，她就是异乡星本身。一颗星星拥有自己的意志，在虚空之中存在数十亿年，吸收着恒星的热力，庇护着星球上的万物，用雪冠装点自己的两极。

这是宇宙无数个奇迹中的一个。

人类无法占据异乡星，星女王不会允许自己的领地有人类寄生。她可以轻易毁灭远道而来的舰队。她的精神力近乎无限，片刻之间就从顾望和林朔云的意识里知悉了地球文明的方方面面。

人类数十年致力拓展文明的边界，向着太空蔓延，就像是神话里修建通天巴别塔。寓言故事有时候是一种文明的预见。

火星之门的背后是一颗拥有意志的星球，能触摸和洞悉任何一个人的意识和记忆，理解和掌握其文明的一部分。

星女王就像庞大的行星计算机，在短短的几分钟里分析解构融入顾望的意识，了解人类的行为规则和情感世界，甚至创造出虚拟现实的一层梦境。

在这个梦境里，顾望和林朔云第一次面对面注视着对方。他们通过无线电通信器交谈过很多次，甚至意识连接共享过，但却是第一次面对面交谈。

这里是地铁车厢，空荡荡的没有其他人，只有林朔云和顾望。地铁运行的声音就像是白噪音，让人莫名安心。

顾望望向坐在过道对面的林朔云。两个隔着漫长时光的朋友第一次打量彼此，露出微笑。

“你好，顾望，我是林朔云。很高兴认识你。”

“你好，林朔云，我是顾望。很高兴认识你。”

两个人注视着对方微笑了起来。从 2022 年到 2050 年，从学校到地月空间基地，从火星到异乡星。他们总是连接在一起，分享各自的喜悦和悲伤，一起寻找火星人的阴谋。虽然他们第一次见面，但却熟悉彼此。

林朔云告诉顾望，“在见到你之前，我见到了火星祭司巴比伦的幻影。她是火星历代祭司里最杰出的一位，甚至预见了火星文明的毁灭。但是，她接待了一位来自银心的客人后，找到了让火星文明重生的办法。这个办法和地球有关，和火星之门有关。”

顾望点头，“已经死去的火星祭司巴比伦在很久以前接待了银心客人，制订了让火星文明借助地球文明复活的计划。幽灵病就是火星人占据地球人躯壳的接口。无论是火星文明还是地球文明的背后，都藏着更高级文明的身影。那位银心的客人，制造了超越火星文明的火星之门。它是让我获得时间之力的异种文明。”

林朔云叹息道，“这些存在一直注视着地球文明的发展，各有目的。这感觉真的很不爽。”

顾望笃定地说道，“我相信我们地球人终有一天会成为他们。地球文明不会像火星文明一样凋零。”

林朔云露出可爱的笑容，“我相信你”。

顾望也微笑了起来，“虽然假装很自信，但是，我整个人和你的意识已经被星女王掌握，我不知道她的目的。也许我们会一直停留在火星之门里。”又或者被星女王像抹掉尘埃一样抹除。

林朔云说：“我注意到星女王说我们是十亿年来拜访她的第二批客人。”

顾望回答：“第一批客人也许就是那位拜访过火星祭司的银心客人。”

顾望的视线落在地铁车厢的另一端，说：“我们的客人也来了。她就是星女王。”

地铁车厢的另一端，顾望记忆里年轻美丽的母亲站在那里。她穿着米色风衣，笑容明媚，手里拿着一束郁金香。

星女王走向顾望，把郁金香送给了他身旁的林朔云。

星女王的掌心是一团小小的星云，包裹着微缩的火星之门，她对顾望说：“你拥有我第一个客人的气息。是这个小玩意儿的气息。”

顾望神情镇定，“是来自银心的客人吗？”银河系的核心地带，一直是神秘的存在，那里有着更为密集的星系。宇宙理论学家说，那里也许拥有千万个智慧星球。

星女王优雅地坐在长椅上，她的手腕上甚至戴着顾望母亲喜欢的玫瑰金细链手表，“是的。来自银心的客人。他很惊讶于我的存在，还用礼物和我交换走了一缕我的精神烙印，以及这里的动植物和土壤样本。他说他要培养一颗和我的星球相似的星星。原来，那就是你们居住的星星。”

顾望和林朔云面面相觑。地球居然是以异乡星为模板培养的星星。

星女王喝着凭空出现的一杯咖啡，继续说：“准确地说，来自银心的客人培养了两颗星星。一颗火星，一颗地球。他真是一个喜欢恶作剧的人。”

顾望没想到事情的真相居然是这样。火星人居然是地球人的前驱。只是火星已经死去，火星文明已然凋亡。

林朔云问星女王：“那您知道火星祭司巴比伦想要如何复活火星文明吗？”

星女王喜欢可爱的女孩子，点头说道：“当然。在这火星之门里沉眠着亿万火星人的意识。而你们地球人就是最合适的皮囊。幽灵病就是意识转换的接口。”

来自银心的客人告诉火星祭司巴比伦，漫长的时光过去后，蓝色星球上的恐龙时代结束，新的智慧物种即将产生，形成社会。

如果火星人把自己的生命烙印在这之前融入地球物种，让生命烙印伴随着地球物种成长和进化，地球物种将成为盛放火星人意识最好的容器。

那些在地下殿堂化为沙粒的每一个火星人都将在地球人的躯壳

中复生。

火星祭司巴比伦的计划里预见了地球人对火星之门的种种想法。

有的人会竭尽全力进入，无视危险，拓展新世界。

有的人会相信火星之门后藏着可怕的存在，却想要释放它清洗人类。

每一种人都会帮助火星祭司巴比伦达成计划。

火星之门后的异乡星富饶美好，但异乡星本身就是一种生物，拥有星球意志，不会接受大量人类进入领地。

亿万意识只能在火星之门的时间缝隙里沉眠，等待着占据地球人躯壳的那一天。

星女王将场景转换为林朔云学校外的奶茶店，她选择了招牌紫薯奶茶，兴致勃勃地品尝，微笑说道：“我喜欢地球文明，我觉得也许我可以来地球住一阵子，一千年就好。”

林朔云真心实意地邀请，“要不现在就出发？那些火星人太无聊了，还是让他们的意识继续沉睡吧。”

星女王淡淡一笑，“你确定邀请我去地球是好事吗？如果我突然厌倦了人类，也许会把地球变成第二个异乡星。”

林朔云愣住了。因为星女王以优雅和蔼的女性形象出现，所以让她忘记了星女王的真实身份。

林朔云不明白来自银心的客人为什么要如此大费周章，“这位客人的目的是什么？”

星女王笑了，“时间漫长，一些存在把在星星上培养生命、建造文明当作游戏。他们不在乎游戏里的生命的想法。银心客人从我这里得到生命样本，在火星上培育，接着又选中了地球。他看到火星文明即将终结，于是给了火星祭司一个新的方案。一切都是游戏。我任凭火星之门通往这里，甚至接纳火星人沉眠的意识体在门里沉睡，不过也是觉得有趣而已。我想知道，银心客人的小把戏会有怎样的结局。”

林朔云不寒而栗，她的内心产生了近乎绝望的感觉，甚至带着一丝愤怒。银心客人和星女王对于地球文明的繁荣或死亡没有任何情绪。仿佛一切都是游戏，只是打发漫长生命的一点趣味。她应该庆幸星女王在读取了自己和顾望的意识后对人类文明产生了一丝兴趣。但这点儿兴趣也可能为地球文明带来新的厄运。

顾望看着母亲的幻影，他觉得星女王很擅长洞悉人心，问道，“那么，您出现在我们的面前是因为您已经有了选择吗？”

星女王凝视着顾望，回答道，“我有了我的选择，你也要做出你的选择。要避开巴比伦和银心客人以及异种文明的陷阱，我们需要厘清所有的时间线，切断所有厄运。我可以让火星文明亿万意识继续沉睡在这里，但我没有办法让火星之门关闭。你是唯一可以真正开启火星之门的人。所以，你要付出代价，你才是关键的一环。”

恐惧顺着林朔云的脚后跟爬了上来，她急忙问道，“他要付出什么代价？”

星女王微笑着回答林朔云：“就是顾望彻底从你的时间线消失。他没有出现过，没有和你交谈过。你不认识月尘，也不认识顾望。你的人生是 2022 年的人生。厘清所有的时间线，避免顾望获取时间之力感染幽灵病来到火星，进入火星之门。这是你们的责任。”

林朔云一时之间失语了。星女王的意思是，顾望会变回那个普通的地月空间基地的实习生，不能拥有时间之力，不会和自己跨越时空相遇。她和他不会有任何交集。金沙号星舰上也不会出现顾望，没人能进入火星之门，释放亿万个火星人的意识体。地球文明的危机解除，唯一需要付出代价的是顾望。而自己不过是回到原本的时间线，接受原本的命运，那个在苏黎世湖水里见到的受伤退学的命运。

顾望沉默了片刻，“我可不想眼睁睁地看着林朔云意外受伤，退学，然后死在事故里。”

星女王那庞大的意识之海有微小的波澜荡漾，她说：“那就回到那个意外发生之前的十分钟。这是我送给你们的礼物。”

2022年。

顾望手忙脚乱地穿上一套快递员的衣服，戴上口罩，骑着电瓶车，向着不远处那道轻盈的身影驶去。初夏的风里是阳光微醺的气息。

学校侧门外是梧桐树大道，两侧的树在道路上方形成绿色的穹顶，将日光过滤得柔和，初夏的风也带着微醺的香气。昏黄的阳光在林朔云的身上跳跃，赋予她近乎梦境一般的光辉。

就在她的单车穿过林荫道的拐弯处时，有那么一秒，整个景物似乎卡顿了瞬间。林朔云的脑海空白了一瞬，她再度回过神来就看到迎面而来的电瓶车，快递员刹车不及时，直直地撞向了她。时间似乎在一瞬间变慢。

千钧一发之际，林朔云的单车偏向一侧，险之又险地和快递员擦肩而过。她的手肘擦过快递员的衣袖，微微刺痛。

林朔云扶起戴着口罩的快递员，“你还好吧？”

顾望凝视着林朔云，摆了摆手，“你没事就好。”

林朔云迟疑地打量着顾望，“你呢？小心点儿，别骑太快。”

顾望看着林朔云，过长的刘海遮住了他的眉眼，“别担心，我没事。你……也要注意安全，骑车慢一点儿。”这是我最后一次遇见你，你不会记得我，也不会联系上月尘。我从你的人生里消失，你获得美好的未来。我不会在陨石雨里获得时间的力量，我就是一个普普通通的地月空间基地的实习生。

每个人的命运都将回到正轨。没有人知道普通的少年和少女曾经做过什么，如何改变了这颗星星上所有人的命运。

林朔云没能赶上公交车，她站在公交车站牌下，总觉得哪里有些异样。她回过头看路的尽头，似乎在上一个刹那有人温和地注视着她。

黄昏的风那样轻柔，它在这颗星球的角落里诞生，吹过城市里孤独的人们的心。

林朔云站在原地，直至夜幕低垂，群星升起。今夜的月亮皎洁明亮，它注视着地球已经亿万年。这颗生活着八十亿生灵的星星对银河系来说，只是一粒发光的尘埃。尘埃上的世界里，许许多多的悲欢离合还在上演。

月亮记得被林朔云忘记的一小段记忆，那是一段简单的问候——

“你好，顾望，我是林朔云。很高兴认识你。”

“你好，林朔云，我是顾望。很高兴认识你。”

领地

引子

公元 190 年。献帝初平元年三月。

瘟疫笼罩了整个洛阳，附近的村庄十室九空。没人知道这席卷中原大地的瘟疫从何而来。无数的村庄在日出时便没了生息，死者身上有着可怕的瘀痕，有人说那是阎王的标记。

清晨的阳光照在洛村一户贫穷人家的窗上，半尺厚的土墙布满细密的裂纹，窗台上放着的两个牵手的草编小人已然枯黄。死寂如墓穴般的土屋里突然传来猛烈的咳嗽声。

洛生茫然地看着四周，凋敝的屋内还躺着俯卧死去的人。洛生刚刚就趴在死人的身上。脚边不远处的死鼠已经腐烂，恶臭如此清晰，让洛生无法再待在屋里。他从黏稠的黑暗里醒来，记不清自己是谁，而他身上原本属于瘟疫的黑斑以肉眼可见的速度消退，淡去。

洛生踉跄着推开虚掩的门，走进废墟一样的村落。野草掩盖着昔日的村落，洛生走在杂草丛生的土路上，动作由迟缓踉跄变得越来越矫健。他的衣服无法承受他的动作，发出撕裂的声响。空气里苦蓟草的气味越发浓郁。

奔跑的洛生觉得自己的身体充满了力量，心脏就是他的力量之源。他的瞳孔里渐渐流动着银色的光纹。奇异的嗡嗡声传来，洛生环顾四周并未看到任何异常，但猛烈跳动的心脏在昭示着可怕的存在。

这时，一大片阴影遮住了洛生。他抬起头来，看到的是在梦里也没有见过的飘浮的庞然大物。它看起来像是幽蓝色的长满了鳞片的弯月，优雅地掠过洛生站立的草地上空，缓缓上升，美丽的鳞片微妙地翻转，然后和湛蓝的天空融为一体。

洛生的心一直狂跳着，他不知道那消失的庞然大物到底是什么，却本能地觉得无比畏惧。

宛如微尘的星球上，一场生物实验中存活体的想法并无意义。

一

公元 2025 年。日本东京。

四月的樱花在傍晚的天空下舒展如粉云。洛生却没有抬眼看樱花的兴致。他刚刚做了十个小时的兼职，在鲜鱼加工厂杀鱼。浓烈的鱼腥味让他不敢坐电车回去，头顶还环绕着对他无比迷恋的几只苍蝇。苍蝇依靠触角来感受这个世界的气味，比人类的嗅觉灵敏六十倍。

几位妆容得体的年轻女孩在不远处看到洛生，眼睛微亮，谁不喜欢看起来长相不错的年轻男人？只是，当她们和洛生擦肩而过时，闻到他身上散发的异味，眼中的好感顿时消失，纷纷神情僵硬地加快了脚步。

洛生闻了闻自己的手臂，自己也快吐了。这是洛生来日本留学的第二年，因为没什么钱，他只能一边读书一边打工。杀鱼的时薪不错，比在厨房工作的酬劳更多。

他走到偏僻小巷尽头的老旧房屋，这里租金便宜，虽然离学校略远，但已经是他能承受的租金上限。

路易学长是他的合租者。路易来日本已经三年，熟知穷留学生赚钱的门路。他最大的爱好是钱，其次的爱好是女人，喜欢年轻可爱的女孩子和风韵犹存的御姐。祖籍山东的路易声称自己的祖上是来自大食国的商人，所以他有一双灰色的眼睛和深邃的五官轮廓，加上修长的身材，颇受女人的喜欢。

出租屋在长长的走廊尽头左侧，右侧住的是东北大妞宁姐。宁姐来日本好几年，最喜欢假装温柔可爱的日本女孩。听着她那流利娇柔的日语，许多人都以为她确实是日本人。宁姐在居酒屋上班，收入还不错。她特别讨厌路易，但对洛生挺不错。春节时候，她端了盘白菜猪肉馅的饺子给洛生，没路易的份。

洛生打开出租屋的门。客厅里穿得仿佛夜店牛郎的路易正抱着一个女人的腿，用日语流利地苦苦哀求，“亲爱的，我不要和你分手，我爱你——”

三十五六岁、妆容精致的女人神色平静地从钱包里拿出一沓钞票，然后在路易接过钱后转身离开。

女人和洛生擦身而过时看了他一眼，皱了皱鼻子，在路易歇斯底里的喊声中，离开了出租屋。

洛生回过头，看到路易已经蹲在那里数钞票了，问：“你又分手了？”

路易脸上的悲伤已经消散，平静回答：“美代子非常慷慨，是一个不错的情人。我会想念她的。洛生，你该交房租了。”

洛生从口袋里拿出散发着鱼腥味的钞票递给路易。就在这个时候，洛生的手机响了。

洛生看了看微信，又看了看一片狼藉的狭小客厅，他走到角落里整理了一下头发，接通了视频电话。

手机里，爷爷看起来比他来日本前老了一些，关切地问："洛生，你很久没联系爷爷了，最近学习很忙吗？你的气色看起来不太好。"

洛生最近打工有些狠，忙得没日没夜，"我挺好的，爷爷，您放心。"

爷爷狐疑地打量洛生，叮嘱道："你可别和日本女孩谈恋爱，别忘了你是有未婚妻的人。日本有啥好的？我还等着你回家乡和柳枝一起继承我的衣钵，开一个中西医结合诊所。"

洛生忍不住打了个寒战，连忙说："我在日本还要读书，以后也会在这里工作。未婚妻什么的都是爷爷您定的，我可没说我要娶柳枝！"远离家人，也是让家人远离危险。在无数个梦境里，他总是重复着那个夏天发生的事情。他觉得自己仿佛就是在黑暗里蛰伏的怪兽，试探着伸出利爪。

爷爷的脸从手机屏幕上消失，柳枝的身影出现在屏幕上，生气地说道："洛生，你这个胆小鬼，我根本不会嫁给你。"

屏幕上的女孩美丽而英气，却在咬牙切齿，"你可以一辈子待在日本别回来。"

这让站在一旁的路易忍不住发出惊叹，"这就是你在家乡的未婚妻？长得很像新垣结衣！这样的未婚妻，请交给我来照顾。"

洛生推开路易几乎贴在屏幕上的脸，尴尬地笑笑，招呼："柳枝，好久不见。你还好吗？"

柳枝微微一笑，"我们很快就会见面了。"

洛生强忍住心中的战栗，“很快就会见面？”

柳枝点点头，黑亮的长发如丝绸般柔顺，笑容却很危险，“很快。”

洛生的语速飞快，“我住在校外，和朋友合租，你来了也没地方住。日本很危险，你就别来了。”

路易激动万分，“柳枝妹妹，你可以住我的房间。”

洛生迅速结束了通话，捂住自己的脸，“怎么办？她要来日本。”

路易将散发着鱼腥味的钞票还给了洛生，“柳枝妹妹如果来日本，我不收租金。”

洛生严肃地看着路易，“柳枝可不是你以为的软萌妹子，她很危险。”

路易春心荡漾，“我就喜欢危险的女人。”

洛生一边走向浴室一边脱掉上衣，“柳枝的危险可不是你能想得到的程度。”

路易追在洛生的身后，“洛生，我有一个很不错的兼职要介绍给你。只要你把柳枝妹妹介绍给我认识。”

“嘭”的一声，浴室的门在路易的鼻尖前关上。

狭窄的浴室里水汽弥漫。温热的水流洗去了洛生的疲惫和鱼腥味。他陷入了回忆。

十八岁之前，洛生一直生活在水乡雨镇。那里的时光舒缓，河水静谧，繁花在四季开放，雨镇上的一切仿佛停留在某张老照片里。镇上许多年轻人都离开了，前往大城市打工，镇里越发寂寞。老人们反而喜欢这样的雨镇。

夏天的时候，老人们喜欢在细雨笼罩的水上垂钓，或者在河堤旁的亭子里下棋。河堤上的老柳树枝繁叶茂，蝉鸣声似乎拥有某种魔力，让人无法思考，沉醉在雨镇昏昏欲睡的夏日里。

高考结束的夏季，洛生骑着单车在午后的阳光里穿过石拱桥和河畔的小道。他知道柳枝放学后喜欢在那里看着河水发呆。那个时候的柳枝仿佛拥有她自己的世界，任何人都无法进入。

洛生停在了幽静的废弃码头旁，看到穿着校服的柳枝被三个流里流气的年轻男人拦着。

“小妹妹，和哥哥们一起去玩吧。”

十六岁的柳枝沉默地站在原地，双手紧握，她脚边的草地仿佛有旋风在积聚。

洛生把单车丢在一旁，冲了过去，“柳枝，不要！”

他的话音未落，令人牙酸的骨骼碎裂声响起，为首的流氓已经飞了出去。调戏妇女未遂的金富强觉得自己仿佛被发狂的牛撞击，那是他幼时最恐惧的记忆。一个纤细柔弱的少女怎么会有这么可怕狂暴的力量？

柳枝回过头看向洛生，声音清澈平淡，“你说得太迟了”。

之前还笑着看金富强调戏少女的同伴露出了惊讶的神情。他们从附近的流川市抢劫伤人后开车躲到这里，原本想再干一票就出省，无意中看到河畔的少女长得挺不错便上前搭讪，没想到……

金富强的同伴们摸出了弹簧刀，骂骂咧咧地扎向了柳枝和洛生。

一分钟后，洛生看着地上呻吟的三个人叹气，“家里没钱赔医药费了。”

柳枝倔强地抿紧了唇。

洛生安慰柳枝，“我知道这次不怪你。这几个人不是镇上的人，身上带着刀具不像好人。我打电话给镇上派出所的长生哥。”

就在这个时候，金富强从随身背着的包里摸出了枪，对准了柳枝。

洛生头皮发麻，极度危险的感觉让他僵硬地站在原地，他的心脏狂跳，速度快得像是密集的鼓点，然后在某个临界点，世界发生了改变。

一切都静止了。洛生能够感觉万物都失去了活动的能力。它们更像是原来世界某一秒的投影。

洛生看到子弹缓慢地飞出枪口，在半空中仿佛击穿无数透明的涟漪，飞向柳枝。它越飞越慢，不堪重负。

所有人都静止不动，仿佛定格的画面。洛生望向柳枝，柳枝凝固不动，宛如一帧影像，而不是真实的存在。

洛生无法形容从心底涌出的暴戾情绪，他看着袭击柳枝的金富强，觉得自己能轻易杀死他，就像拍死一只恼人的苍蝇。突如其来的杀意，让洛生的喉咙发干，催促着他去掠夺猎物的生命。

飘浮在半空中的子弹似乎不堪重负，洛生伸手推开子弹，一脚踹在了金富强拿枪的手腕上。金富强的手扭曲成古怪的形状。

可怕的压迫感在此刻消失，时间的流速恢复了正常。

洛生不知道自己刚才看到的一切是幻觉还是真实，他觉得疲倦。

夕阳下，洛生仿佛看到了另一个截然不同的自己。他的黑色瞳孔仿佛变成了赤红和金色交织的颜色，宛如嗜人的怪物。恐惧抓住了洛生的心脏，他的头剧烈地疼痛起来。

洛生跪倒在地上，意识陷入黑暗。

二

东京藏着无数人的梦，也有着无数张面孔，它是天堂，是地狱，是令人无法忘记的过去，是颠倒众生的诱惑。

洛生来日本读医科大学，想要成为一名医生。这个理想其实始于柳枝。柳枝的力量异于常人，从小跟随爷爷学武，她打断过不少人的骨头，让爷爷赔了许多医药费。这让洛生觉得学医是非常重要的事情。

只是那次子弹事件后，洛生开始害怕。他感觉自己的身体深处潜伏着一只怪物。这种对自己的恐惧让他在很长一段时间里都无法安稳入睡。安宁到和世界脱节的小镇是他的心灵栖息地，但他不确定自己内心的怪物何时脱壳而出。他不敢让柳枝看到他眼中隐藏的恐惧，即使暑假和寒假也以种种理由不再回家乡。他无数次在梦里回到家乡，走在所有人都凝固如雕像的街头，然后看着另一个狰狞的自己冷漠地向他走来。

东京都中央区，人群如潮水般汹涌。穿着西装的洛生看起来颇为英俊，引起不少年轻女人的注意。谁不喜欢颜值和身材都不错的男人呢?

洛生的衣领处露出标签的一角。很显然，这套西装在面试后会被退回商店。这是路易在二手名牌商店打工的朋友为洛生提供的。穷留学生们虽然在日本通常过得不太如意，却也因此形成了自己的小圈子，偶尔守望相助。

这份新的兼职是在一所私立疗养机构打杂，已经通过初试的思齐被情敌打骨折，就把复试的机会转卖给了路易。洛生和思齐有五分相似，路易觉得他完全能顶替思齐获得这份兼职。思齐说这份工作最大的优点就是时薪高，对洛生来说，能一窥高级私立疗养机构的运行也是难得的机会。

洛生打量着眼前被玻璃幕墙覆盖的大楼。新生集团占据了整栋新生大厦，可见它的财力惊人。思齐说，许多身患绝症的有钱人在这里通过最新科技延续寿命，还有年老色衰的贵妇使用医美手段留住残余的青春。

自动门缓缓滑开，轻捷无声，如鸟儿展翅。穿着白色套装的年轻女人走进大厦，温柔动人，就像洛生曾经读过的古诗，带着无法言喻的韵致。

洛生呆呆站在原地，看着她对自己微微一笑，然后擦肩而过。不知道为什么，他觉得眼前这个年轻的女人和别人不太一样，让他紧张。

与此同时，两千千米以外的水乡雨镇，柳枝坐在破旧的中巴车里，赶往附近的城市，打算乘坐飞机前往东京。她穿着黑色短裤和帽衫，随意扎了一个丸子头，长腿白皙笔直，脚上套着军靴。

这身衣服是隔壁邻居小美给她搭配的，据说大都市的年轻女孩都喜欢这么穿。小美还让柳枝把头发烫一烫、染一染，被柳枝断然拒绝。她最后勉强同意使用了小美提供的口红。小美说口红的色号是“斩男色”。这个带着杀气的名字，柳枝还挺喜欢。

靠窗沉思的柳枝有着不符合年纪的冷艳，让略脏的中巴车也变得敞亮了起来。阳光和风带着淡淡暖暖的香气。

柳枝想起了临行前她和爷爷的对话。

“柳枝，洛生就要醒了，你需要守着他。这是洛家祖传的药，你一定要让洛生吃下去。没有药，他可能在真正醒来时就会死。这是洛生的劫难，他只能靠自己撑过去。”

“爷爷，为什么不告诉洛生真相？”

“柳枝，因为我不知道醒来后的洛生还是不是原来的洛生。你要注意你的安全。即使你和洛生是一样的人，但他还是有可能杀死你。”

“如果他醒来后不是原来的洛生，我就自己回来。如果他还是原来的洛生，我也尊重他的选择。”

爷爷欲言又止，“你真的决定以后就在镇上继续开诊所？你看，洛生就厌倦了这里，去大城市奋斗。”

柳枝回答爷爷，“我喜欢这里。这里没有战争，没有饥荒，是我梦寐以求的地方。”

日本东京。

新生大厦的二楼角落，洛生坐在面试的房间里，唯一的面试官是一个神情严厉的中年男人。

中年男人看了看履历上和洛生有几分相似的照片，还是有些怀疑，“你的脸似乎有一些变化。”

洛生对着面试官微微一笑，“人对于美的追求永无止境，我希望我的脸能配得上这份工作。”

面试官盯着洛生，叹了一口气，“你的工作不需要脸，你能熟练使用清洁工具吗？”

洛生觉得身上的西装似乎有些紧，他想到柳枝来日本后还需要更多的花销，“当然。”

与此同时，新生大厦顶层。76岁的西村雨郎奄奄一息地躺在床上，老年斑布满了他的脸颊和脖子。即使拥有常人无法想象的财富，他的身体依然拖曳着他的灵魂缓慢地坠向死亡的深渊。西村雨郎散发着淡淡的腐朽的气息，这是将死之人的味道，是逐渐腐烂的内脏产生的气味。

西村雨郎身旁站着的就是洛生在大厦邂逅的女神铃木初雅。

铃木初雅为西村雨郎扣上固定四肢的固定器。

然后，她神色平静对大客户西村雨郎说：“在未来的十年里，您不用待在病房里依靠仪器维生，而是拥有和年轻人一样健康的身体，可以喝酒，可以冲浪。”

西村雨郎衰老的双眼里有着极度渴望的光辉。当死神的阴影遮住他的时候，他才知道生命多么宝贵。他的癌细胞已经扩散到了肺部和肝脏，每一次呼吸都那么艰难。

铃木初雅戴上手套，从金属圆筒里拿出了宛如透明鸽卵的神秘物体，轻声解释，“这是新生研究所研发的活性生物制剂。治疗的过程中，您也许会感到不适，但痛苦很快就会过去。”她拿掉了西村雨郎的呼吸器，将透明鸽卵塞进了西村雨郎苍老干瘪的嘴里。

西村雨郎觉得自己无法呼吸，神秘物体正缓缓滑入他的喉咙深处，然后仿佛突然苏醒的章鱼，长长的触角深入了他的肺和胃。恐惧和不适让西村雨郎挣扎了起来。不过，衰老的他在病床上的挣扎根本无济于事。

铃木初雅看着西村雨郎，眼底有着复杂奇异的神色。西村雨郎脸上的老年斑正在迅速消失，脸上的皱纹也如魔法一般消失。他就像一株即将凋谢的植物突然被注入了生机。

短短几分钟过去了，年轻的西村雨郎睁开了双眼，他的眼底是无法言喻的喜悦和惊讶。他呼吸舒畅，不再觉得痛苦，那种无法控制滑入深渊的感觉已经消失了。

铃木初雅解开了金属固定器，含笑询问，“感觉怎么样？”

西村雨郎坐起身来，他打量着自己年轻健壮的手臂，抚摸光滑的面颊，惊奇地说道，“感觉非常好。不可思议。这是魔法吗？我隐约感觉有什么东西在我的身体里生长。”

铃木初雅回答，“这是商业秘密。西村先生，您只需要好好享受您的新生。记住，千万不要碰毒品，结果您不会想知道。”

西村雨郎离开后，铃木初雅拨通了上司松下博的电话，“已经按您的吩咐给西村雨郎先生进行了治疗。他恢复得很好，就像是魔法。”不可思议的魔法，让人心生恐惧。

松下博的声音平静无波，“你做得很好。董事长和我一直很看重你，不要让我们失望。”

铃木初雅有些惴惴不安地放下手机。进入新生集团半年的时间里，她看到了许多不可思议的事情。那些事情让她有时在深夜会产生离开新生集团的想法。

铃木初雅十五年前被身为新生集团董事长的铃木茧女士领养。养母忙于集团的工作，很少见她，但每年铃木初雅的生日，养母都会出席，用饱含爱意的眼神注视着她，细心叮嘱她不要为了学业伤害身体。养母给她提供了优越的生活，她只能用一生的时间来回报。

三

柳枝乘坐地铁前往上海浦东机场。虽然她这二十年里几乎没有怎么离开雨镇，却早就从书籍和网络中了解了如今的世界。

上海这颗东方明珠有着最现代化的一切，也保持了它温婉韵致的一面。柳枝觉得，如果洛生真的喜欢大都市，与其选择东京不如来上海。上海是中国人的地盘，而日本再繁华也是别人的国度。唯一的问题是，上海的房价高得令人咋舌。柳枝觉得自己应该问问爷爷，他当年在上海老宅地下藏的那坛黄金还在不在。

地铁运行平稳，柳枝知道它的速度大约是三百千米每小时。比地铁更快的是子弹，子弹的速度是每秒三百米，令人难以防范，却在数年前那个夏日的黄昏里摇摇欲坠。

柳枝白皙如瓷的脸庞上是略微有些惆怅的神情，带着隐约的疏离感，仿佛她并不属于这里。

柳枝身旁年轻的短发女孩羡慕地看着她的长腿，视线落在柳枝清丽的脸庞上，问：“你用的什么保养品？皮肤真好。”

柳枝愣了愣。她从不使用保养品，睡眠的时间很短，常在深夜泛舟河上。

柳枝淡淡地回答，“我天生就白。基因的原因。”

短发女孩眯眼笑了，“我叫梨梨，要去日本看樱花，你呢？”

柳枝的眼底有着复杂的神情，“我去日本找我的一个老朋友。”

梨梨打量柳枝，“你怎么都没带行李箱？”

柳枝回答，“我朋友会在机场接我。”她给洛生发了自己的航班号和抵达日期。五年没见洛生，视频里的他熟悉而陌生，柳枝说不清心底的感受。洛生对柳枝来说和旁人不同，但他选择了远离柳枝和爷爷，继续他以为的虚假的人生。

梨梨笑的时候露出可爱的小虎牙，“如果你有时间，我们还可以一起逛东京。”

有了梨梨的帮助，第一次乘飞机出国的柳枝轻松了许多。唯一的小麻烦——缉毒警犬也在柳枝警告的眼神里变得乖巧可爱，瑟瑟发抖。许多动物都能凭借气味来判断其他生物的强弱。它们闻到了可怕的猛兽的气味，无法思考，无法动弹。

日本的春日清凉宜人。古时从中国移植到日本的樱花深得人们的喜爱，轻盈的樱花如云弥漫枝头，灿烂美好。

洛生完成清洁工作已是黄昏，他小心翼翼地换上借来的西装，看了看手机。柳枝今晚抵达日本成田机场的消息让他的神情变得僵硬。柳枝几乎没有离开过家乡，如今却一个人离开中国来日本给他送药。

洛生在十三楼的货运电梯前刷卡后走进空荡荡的电梯。他的员工卡只能打开十三楼以下的楼层。他按了一楼的按钮，就听到电梯顶部发出咣当声，有重物落在了电梯上面。灯光闪烁了一下，仿佛受到了干扰。

洛生疑惑地看了看天花板。电梯平稳往下运行。只是当电梯下行到十楼的时候，就不再动弹。电梯门没有开启，灯光闪烁着。让人头皮发麻的敲击声越来越密集，仿佛外面紧贴着某个鬼魂，想要破门而入。

洛生全身发冷，然后他听到电梯上端检查口附近传来怪异的声响。他缩在角落里，屏住呼吸。

就在这个时候，原本纹丝不动的电梯门滑开，优雅动人的铃木初雅站在电梯中，一切异响都消失了。

洛生想起电梯里的恐怖遭遇，伸手抓住铃木初雅的手腕就要带着她一起跑，“电梯闹鬼！”

铃木初雅略带诧异地看着洛生，抽回了自己的手腕，“别担心。”

铃木初雅告诉洛生，“这台货运电梯老是出故障，会发出奇怪的声响，就好像有人在外面敲墙壁。”

洛生愣了愣，“出故障？敲墙壁？原来……”

铃木初雅看到了洛生衣领里冒出来的标签一角，她问洛生，“你是我们公司的新同事？以前没见过你。”

洛生礼貌地笑笑，“今天是我第一天上班。”

两人互道姓名，友好道别。

洛生离开新生大厦，走在晚霞燃烧似火的天空下。距离去机场接柳枝还有几个小时，洛生乘坐地铁赶回出租屋。

拥挤的地铁座位一角，一只花猫把柔软的身体团成一团，睡得香甜。有时候地铁的乘客并不仅仅是人类。

夕阳笼罩着通往出租屋的小巷，傍晚总是让人慵懒且略带一丝惆怅。

洛生看着眼前的一切，不知道为什么，心底有着巨大的虚无感。他为了逃避柳枝，为了向爷爷证明自己，远渡重洋来到日本求学，他知道生活不易，却开始怀疑自己所做的一切是否有意义。

夕阳如血，原本安静平凡的小巷因此散发出异样的光辉，无形的气流吹过，四周变得有些模糊。洛生看到了许多穿行而过的半透明身影，他们有着熟悉的面孔，都是住在小巷尽头那栋楼里的邻居。日升日落，年复一年。平凡的人们就这么在都市的一隅生活着。

洛生半跪在地上，喘息着。那些幻影在暮色里穿行，真实又虚幻，像是寺庙里的烟雾，又或是老电影里无法触及的影像。

惊惶在消退，陌生的熟悉感从心底的深渊里升起。他曾经见过类似的画面，仿佛时间错乱，无数个节点叠加在一起。一个普通人通常认为世界由时间和空间组成。洛生隐约觉得并非如此。巷子里的一切在他的眼底仿佛变成了由光的网格组成的世界。无数的光点勾勒出某个邻居在一个月时间里的轨迹。轨迹延长，就是一个人的一生。

一只手从洛生的身后搭在了他的肩膀上。

洛生回过头看到了路易，眼底有着隐隐的暗红，也许是夕阳的投影。

路易低下头关心地问半跪着的洛生，“工作太累了吗？要不要请我去喝酒？”

洛生觉得路易的脸在此刻无比亲切，路易出现后，那些幻影都消失了。洛生的头隐隐作痛，一如宿醉后。不知道为什么，洛生想起了五年前的那个夏天，经历了诡异的时间暂停事件后，他醒来时也是一样的症状。

四

烟蓝色的天空沉静，海风吹过这座巨大的都市，轻抚回家人们的衣角，一点点的暖意仿佛夕阳一样染在人们的眼底和心上。

居酒屋才开门，没什么顾客。据说居酒屋起源于江户时代，如今却是每个日本男人下班后必去的消遣场所。

路易先要了杯啤酒，然后点了烤鸡串。年长的日本人通常喜欢日本清酒和烧酒，配刺身或烤鱼。

洛生此时此刻想念的却是家乡一碗热气腾腾的牛杂汤。咸香微麻的汤，薄薄的牛肉片上浮动着碎葱和香菜叶。柳枝做的牛杂汤分外美味，她似乎天生就会许多事情，和其他女孩截然不同。

路易和洛生讲述他刚刚逝去的恋情，“洛生，她们都不想和我结婚，只爱我的肉体。”

洛生侧过头看着路易，“你至少还有肉体。”他就像是大雨后不安的鸟儿，还在为刚才的幻觉耿耿于怀。

路易觉得洛生说得很有道理，沾沾自喜了一番，又要了一盘天妇罗，“我原本以为你是忙着打工没空恋爱，原来你已经有那么可爱的未婚妻了。真让人羡慕。”

洛生心情复杂，眼中有着自己也没有发现的期待，“那是爷爷的一厢情愿。我和柳枝都没有这样的想法。柳枝今晚到日本。”时隔五年，不知道柳枝会不会依然那么喜欢打架。他想念她，却又害怕见到她。这复杂的心情，他自己也不明白。

路易灰色的瞳孔微微发亮，“是这样吗？我开车和你一起去机场接柳枝妹妹。”路易的车是他某任女友的馈赠，他平时不开，只有周末才用。在东京，最便宜便捷的交通方式就是乘坐地铁、电车。

洛生微微一笑，“我正想和你借车。”

路易坚定不移，“我要和你一起去。作为你最好的朋友，一定要好好接待你的柳枝妹妹。”

暮色笼罩大地，路易和洛生一起去路易的简易车库取车。洛生并没有喝酒，他的头疼好了许多。他觉得自己应该是最近兼职太多，睡眠不足产生了幻觉。日本并没有当初想象的那么好，学业繁重，生活不易。

洛生突然觉得暮色里有什么在注视着他。他环顾四周，什么也没发现。洛生看了看右侧不远处便利店的摄像头，告诉自己这里很安全。只是，背脊一麻后微微发寒的感觉一直没有退去，他仿佛被猛兽注视着。

路易回过头问洛生，“怎么了？”

洛生摇了摇头，“没事。”

铃木初雅的上司松下博在黑暗处注视着洛生。松下博身材高大，手指关节粗大，狭长的双眼让他看起来有些阴沉，他差点儿就错过了稀有的猎物。要不是那只调皮的幼体依靠本能捕捉到了洛生隐藏的气息，他根本想不到居然会在东京遇到这么难得的美味。是的，美味。幼体天生能够找到最适合自己的寄生体。

为了赚取金钱，松下博不得不把装着休眠幼体的卵鞘植入那些衰老的有钱人的身体。它们的根系足以支撑衰老之躯再存活十年。但十年之后，寄主死亡时，幼体也会死。为了家族的延续，太多的幼体付出了生命的代价。真正适合幼体，能够长久寄生的人类太过稀有。集团的研究所想方设法培养适合幼体长久寄生的人体，一直未能成功。长老的旧皮囊快要无法使用了。虽然长老准备了备用体，但谁会嫌弃更好的备用体呢？这个时候，洛生的出现无疑是命运的馈赠。

松下博觉得，自己还需要近距离好好确认一下洛生的身份。美味稀有的猎物会不会只是别有用心的诱饵？

松下博的电话响了，是他多年前收养的抚子来电。

松下博的神情变得柔和了一些，“一切如常吗？那些老家伙没有来窥视？”得到肯定的答复，松下博满意地结束了通话。抚子的身体不适合成为长老的皮囊。她并没有接受转化为茧族的建议，所以现在的抚子比如今的自己还要老一些。

洛生开着车前往成田机场。夜风轻柔，车厢里回荡着低低的音乐声。天空之上，星子闪耀，让人觉得即使活得辛苦，依然有希望在不远处。

回忆如潮水一般涌来，几乎要淹没洛生。爷爷说，柳枝小时候被人遗弃在福利院外，无亲无故。爷爷希望柳枝能像随处可活的柳树枝丫，所以给她取名柳枝。爷爷要洛生娶柳枝，一辈子照顾好柳枝。洛生曾经暗自喜欢过柳枝，但在那个时间暂停的夏日，他惊慌失措地发现自己的古怪，切断了一切感情的可能。

路易因为才失恋喝得微醺，他英俊的脸上反而褪去了那种略油滑的味道，显得多了一点内涵。苍茫暮色下，万物不再躁动，道路附近的灯火如水母湖一般星星点点发亮。

路易看着夜色，突然说，“洛生，我想家了。以前没觉得家有什么好，现在也没觉得家里有什么好，就是想了。”

洛生没有看路易，认真地看着道路，“想回去吗？”

路易侧过头想了想，“回去和在这里其实也没什么区别，就是越活越没意思。也许等我展开下一段恋情就不会这么想了吧。”

洛生沉默了几秒，“谢谢你借车给我去接柳枝。无论如何，你不要对柳枝有任何想法。她值得更好的男人。”

路易坐起身来，“我说，难道我不是比你更好的男人吗？有这么漂亮的未婚妻来日本见你，也没看到你多兴奋。难道你喜欢男人？”

洛生双手握紧方向盘，“我在开车，你不要说笑话。”喜欢吗？是的。只是巨大的恐慌在那个夏日的黄昏降临。未知的预感仿佛从很久以前就诞生了，穿越整个世界降临在他的心中。他那阵子老是梦到长着鳞片的弯月，它就像是恐惧来临前无声的呼啸，席卷了他的灵魂。

头痛袭来，洛生骇然发现原本平整的道路瞬间变成了荒草丛生的野地！他猛踩刹车，惊骇地打量四周，一望无际的荒原不再是幻影，突然如此真实。群星璀璨，城市消失，原野在夜色里像是魔术师神秘的黑毯一样，无限延展开来。

洛生松开安全带，打开车门跑了下去。路易在急刹车造成的眩晕里，没来得及阻止突然癫狂的洛生。

“喂！小心！”路易爬到驾驶座，把车小心翼翼地停在了应急车道，然后跑向洛生。

温暖而潮湿的水气扑面而来。洛生看到了被惊起的鸟群。月光繁盛，植物在月色下仿佛镀了一层薄薄的银。洛生喘息着，他能听到自己的心跳声，猛烈而密集的心跳声。

洛生跪倒在地上，双手触摸到了湿润的土壤。风里是草木和泥土混合的腥香。他听到不远处一人高的草丛里传来异响，一头野猪从那里冲了出来，长长的白色獠牙在月光下仿佛刀刃一般冷冽。

与此同时，路易看到跪在路中央的洛生被一辆轿车撞得飞了出去。一切发生的都那么突然，路易不明白洛生为什么跪在路中央。在此之前，路易完全看不出洛生有任何精神异常之处。洛生的生活被学业和兼职填满，他从不放纵，平和精密如机器。

此时的洛生显然没有精力关注路易的心路历程，他觉得全身刺痛，肋骨似乎断裂了。以一个医科大学生的经验，他已经判断出自己的情况有些糟糕。

救护车在几分钟后赶到，洛生的手机在他被撞飞时摔落在路边的草丛里，无人发现。

五

柳枝凝视着窗外被海水包围的岛屿。飞机已经进入日本国境。湛蓝海水里那些细小如虫的船优雅地穿梭着，尾部是长长的白色水线。

柳枝身旁的乘客再一次偷看她的侧影。飞行途中，女孩大多数时间都在沉睡，像机舱里一朵静谧的云。她甚至没有变换过姿态，双手合拢放在身前。

年轻的女孩有着古典柔和的脸部轮廓，温婉动人。她的肤色极为白皙，莹莹如玉。奇异的是，她并不柔弱温和，反而拥有某种坚韧犀利的气质。

终于，她动了动，缓缓睁开双眼，瞳仁黑亮。她感觉到了邻座的视线，望了过来。

他忍不住问："喜欢日本吗？"

柳枝淡淡地说："不，我不喜欢日本。"

"为什么？"

柳枝没有回答。

飞机抵达成田机场。柳枝跟随着热心的梨梨下了飞机，一起搭乘摆渡车。整洁明亮的机场里，黑发黑眼的人随处可见。要不是那些日文指示牌，柳枝都觉得自己还在上海浦东机场。

连接上在机场租赁的随身 Wi-Fi，柳枝没有看到洛生的任何消息。她觉得意外。虽然洛生如丧家犬一样逃离了雨镇，但他不是会将女孩丢在陌生机场不管的人。

梨梨注意到柳枝的眉头微皱，她关心地问道，“怎么了？”

柳枝下意识地摸了摸左手手腕上的绞丝景泰蓝手镯，“没什么。接我的人临时有事。我得自己去东京找他。”

梨梨笑得双眼微眯，“有你陪我坐快铁真好。”她挽着柳枝的手臂，拖着红色行李箱，开始期待这次旅行。她莫名地觉得冷淡疏离的柳枝分外可爱，这大概就是缘分。

机场第二航站楼的入境大厅，搭乘有着“铁道”字样的电扶梯到地下一层，就会看到售票处。红色招牌的日本旅行服务中心为外国游客提供了许多游玩东京的资料。

柳枝透过玻璃窗看了一眼服务中心，极好的视力让她看到了角落里靠墙站着一个似乎身体不太舒服的白人。那是一个二十来岁的男人，褐发绿眼，典型的背包客装束。柳枝从他的身上感觉到了淡淡的异类气息。她没有停下脚步。日本属于别国领地，她没有管闲事的爱好。

成田机场距离市区约六十千米，是世界上最繁忙的国际机场之一。如果超级病菌在这个机场传播，四十八小时内就会由乘客传播到世界的大部分地区。梨梨熟门熟路地带着柳枝坐上了快铁，表示会送柳枝到她说的医科大学门口。

快铁半小时一班，在发车之前，柳枝发现那个疑似异类的白人脚步稍微有些蹒跚地走进了车厢。他的座位和梨梨隔着一条略显狭窄的过道。

柳枝侧过头对梨梨低语，“我们可以换个位置吗？我喜欢靠过道的座位。”

梨梨点了点头。换了座位后，她觉得舒服了一些。似乎空气里某种不可捉摸的压力消失了大半。刚才她坐在靠过道的座位时，突然有点心悸，就像高中时，看着数学老师抱着一沓卷子走进教室，预感自己考砸了的感觉。

柳枝看了看手机，洛生依然没有任何消息。柳枝觉得洛生可能遇到了麻烦。就在这个时候，她嗅到了淡淡的血腥味，她看了隔着过道的白人青年一眼，他的消化道在出血，这让他极其不适。

柳枝眼角的余光看到了车厢天花板上的摄像头。日本拥有完备的摄像监控体系，快铁上除了厕所都布置了监控装置。这一刻，柳枝无比怀念雨镇，雨镇公共区域的摄像头极少。

柳枝能够看到白人青年衬衣下的胸腔里似乎有异物在游走，她猜测这个人很可能被某种异生物寄生了，很显然这样的寄生是致命的。要不了多久，在寄主体内发育成熟的异生物就会破体而出。

柳枝没有看到，角落里一个带着幼童坐车的日本女人隐蔽地拍下了白人青年的影像，然后用手机发出了一条秘密信息。在人群密集的公共场合，总是分布着一些秘密执勤人员，他们并不参与解决突发事件，只在发现异类时传递警戒消息。有些普通人天生拥有感知异类的能力，就像可以在黑夜里发现藏在暗处伺机而动的凶猛野兽。这样的人稍加训练就能成为第一道警戒线。

年轻的妈妈伸手安抚幼儿，眼底是无法掩饰的担忧，她果断地站起来，抱着孩子离开这节车厢。她的任务已经完成，其他事情她也无能为力。

白人青年整个人抽搐了起来，他似乎无法发出任何声音，声带已经被破坏，嘴角有血涌出。

此时此刻，洛生躺在医院的病房里昏迷不醒。

路易站在走廊里，过了一会儿，才想起即将抵达东京的柳枝。路易没有柳枝的联系方式，洛生的手机也没找到。路易觉得这个时候自己要是抛下洛生去机场寻找他的“柳枝妹妹”，似乎太不厚道。

女护士经过的时候，路易不忘微微一笑，这家医院的护士制服很好看，女护士的身材也不错。

路易不经意地望向走廊彼端，整个人瞬间“石化”。优雅温婉的年轻女人正从走廊的拐角处走来，她不仅拥有令人惊艳的外表，还有着高贵却不失亲切的气质。短短的一分钟里，路易把昏迷的洛生完全遗忘，只觉得自己一定要想方设法认识眼前的尤物。是的，尤物。

年轻女人经过路易身边时，路易闻到了极淡的缥缈如云的香气。路易略微失神，甚至忘记搭讪。眼前的女人属于他从未接触到的那个阶层的女人。他有些自惭形秽。

铃木初雅的手机一不小心滑落在地上，刚好落在了路易的脚边。

路易捡起手机，用袖子擦了擦，递给铃木初雅，“你的手机——”他不由自主地刻意用自己颇具磁性的嗓音回答，日语流利。

铃木初雅笑容温婉，“谢谢你。”她来医院看望在孤儿院时认识的老友。十几年了，她在孤儿院里认识的几个好友都有了自己的家庭和孩子。可她自从大学时候的恋人车祸死亡后，就再没有考虑过感情的事。

六

成田快铁在平原里飞驰，建筑渐渐变得密集，那些亮着灯的建筑就像是星空下浮游的水母。快铁转弯处的一块空地上站着一个拿着手机的日本和尚伯原智久。

日本的和尚有许多并不算是严格意义上的出家人，他们继承了祖传的寺庙，被称为坊主，通常在佛教大学进修，拥有不错的学历，更像是土地主以及传道者。年轻的伯原智久身材修长，面容俊朗，如果换去僧衣穿上西装，在东京最繁华的写字楼里出入也毫无违和感。

伯原智久看着近在咫尺的快铁，闭目感受它卷起的呼啸的风的力量。当快铁驶过，空地上已经没有了伯原智久的身影。

快铁上，伯原智久匆忙但不失优雅地穿过一节又一节车厢。继承家传寺庙和土地的同时，他也继承了父亲的职责，尽可能扫除那些威胁普通人的异类。美国青年约翰逊刚刚从非洲旅行归来，来日本欣赏樱花。伯原智久觉得约翰逊在非洲感染了异类寄生体，然后在来到日本的第一天就遇到了异类寄生体成熟的悲剧。约翰逊大概不能欣赏日本的樱花了。

就在伯原智久距离柳枝他们大约两节车厢时，约翰逊体内的异类寄生体已经进入成熟后最关键的一步，它汲取了足够的营养物。异类寄生体释放出大量成分复杂的分泌液让垂死的约翰逊不再感到痛苦，但变得极富有攻击性。

车厢里来自各国的游客和异国归来的日本人都没想到，自己在舒适便捷的快铁里会遇到一个突然暴起的人形野兽。

约翰逊仿佛被无形的力量扯得站起身来，他除了嘴角有血迹，脸色过于苍白，看起来不算太糟糕。原本以为他疾病发作，正在拨打电话的人也松了一口气。

约翰逊站在过道上，和他同行的伙伴拍了拍他的肩，关切地问："约翰逊，你还好吗？"

他被约翰逊直接拍飞到了车厢的一端，重重地撞在了车厢壁上。

这极其惊人的力量和狂暴的举动让四周的人谨慎地站了起来，试图远离约翰逊。约翰逊环顾四周，他的视线落在了梨梨的身上。不知道什么原因，他忽略了离他更近的柳枝。柳枝似乎害怕到无法动弹，看着约翰逊跨过窄窄的过道。

约翰逊身体里的大量激素在远超危险界限的剂量下激发了他的所有潜能。极速的心跳让他在这短短的几分钟里变身为大力士，似乎可以举起超过一吨重的物体。这种异常的表现无法维持超过十分钟，等待约翰逊的会是死亡。不过，危险的十分钟里，约翰逊能为成熟的异类寄生体摄取足够新鲜的血食。

梨梨惊恐地注视着眼前发生的一切，忘记了尖叫，也忘记了逃跑。她被约翰逊的视线笼罩着，就像是被猛兽注视着的无法动弹的小型哺乳动物。

约翰逊伸手抓向梨梨柔嫩的脖子。柳枝的双手抓住了约翰逊的手臂，左脚踢在了他的膝盖上。柳枝的动作流畅精准，将约翰逊往身体外侧一拉，利用他的体重将他绊倒在过道上。柳枝看似轻飘飘踢出的一脚已经将约翰逊左腿的行动能力暂时封住。

与此同时，柳枝看似惊慌地拉着梨梨从座位上逃离，迅速退到了车厢一侧。她的身后，车厢门滑开，穿着僧衣的伯原智久走进了这节车厢。

柳枝在年轻的日本和尚身上感觉到了进化人的气息。她看到伯原智久走到了竭力蹒跚着站起来的约翰逊身旁。伯原智久的手按在了约翰逊的心脏处，透过肋骨和肌肉，他感觉到了依附在约翰逊心脏上的异类寄生体。

伯原智久的能力是安抚和催眠，他的手指传递出奇异的波动，让异类寄生体安静了下来。

伯原智久露出微羞的笑容，抱歉地对柳枝说："他应该是急病发作，现在暂时没事了。"他看了一眼躺在不远处约翰逊的同伴，自言自语地说："看来要送去医院的有两个人。"

这只异类寄生体并不属于高阶，只是在公众场合发生这样的事情，后续的处理工作有些麻烦。

梨梨惊魂未定，她紧紧地抓住柳枝的手，看着地上的约翰逊以及突然出现的年轻俊朗的日本和尚。她可不觉得躺在那里一动不动的约翰逊是急病发作。那个人刚才看着自己的眼神极其可怕，充满杀意。

在东京站到达之前，整个车厢的人都拥有了伯原智久的名片。他是郊外一家寺庙的住持，提供许多和生者亡者有关的服务。

在把名片递给柳枝和梨梨时，他的笑容分外诚恳，中文流利，“善见寺的樱花开得正好，欢迎你们来善见寺观樱花。”

梨梨被伯原智久微羞的笑容迷惑，不由自主地点头答应。

夜色笼罩着东京，繁华的国际大都市并没在夜色里变得沉静，反而越发热闹。下班族三三两两地去居酒屋喝酒聊天，上班时严谨到无趣的人们松弛了下来。新宿街头，人潮汹涌。

柳枝在梨梨的带领下来到了京琦医科大学。京琦医科大学并不是日本一流的医科大学，距离它不远的东京大学医学部就有名得多。坊间流传，能考进东京大学理科三类（医学部）的都是外星人，难度可想而知。某个知名益智节目的后半段，所有留下来的选手都是东京大学在读生或毕业生，决赛则在东京大学医学部两个帅哥选手之间展开。

两个女孩辗转得到了路易的联系方式，据说，路易是洛生的同居室友。

路易的手机铃声响起时，他已经成功得到了铃木初雅社交软件的联系方式。

路易听到了柳枝那清澈微凉的声音，“请问你知道洛生在哪里吗？我是他的朋友柳枝。”

路易目送铃木初雅远去的身影，才反应过来电话中的人是谁，“柳枝？柳枝妹妹！洛生出车祸了，现在在医院。没有生命危险，但他一直没醒过来。”

柳枝的声音没有波动，“给我医院地址，我马上过来。”

路易加了柳枝的微信，把地址发了过去。虽然只是和柳枝妹妹简短地说了几句话，他也能感觉到她强大的气场。未婚夫车祸昏迷似乎也不能让柳枝妹妹惊慌失措，她到底喜不喜欢洛生呢？

与此同时，昏迷的洛生再度梦到了长满鳞片的蓝月亮。它那么高高在上，俯瞰着大地，将所有人视为蝼蚁，可以任意践踏摧毁。愤怒之火在洛生的心底燃烧，然后钻进了他的每一寸骨头里。洛生不记得这里是哪里，自己是谁。唯有愤怒的火焰包裹了他的身体和灵魂。蝼蚁也有存活的权利，而不应该被那些来自天外的敌人肆意欺凌。

他原本几乎断裂的肋骨在自我修复，速度快得惊人。撞击处的瘀伤也在消失。雨镇里和爷爷还有柳枝相处的一幕幕记忆如流光飞羽般闪过，然后定格在了高考结束的那个夏天的下午。凝固的世界。摇摇欲坠的子弹。

鱼群在时间之河里生长，它们通常只能顺流而下，只有极少数的鱼能使用尾巴改变一小股水流，从而相对静止于河流数秒。对那尾鱼周围的沙粒和小虫来说，世界就是静止的。

七

月光下的巨大都市仿佛活物一般呼吸着。柳枝喜欢在月光盛大的夜晚泛舟河上，这种看似风雅的行为不过是因为寂寞。她觉得，日本的月亮同样让人想起一些刻意遗忘的往事。

柳枝走下出租车，付了昂贵的车费，快步走进京琦医院。今夜是满月，月光盛大得仿佛有怪事即将发生。

路易坐在长廊的椅子上困得有些睁不开眼。直到他看到柳枝才如梦初醒。路易很难说清柳枝妹妹和铃木初雅谁更胜一筹，他就像是古代的君王，为更宠溺哪一位爱妃左右为难。

柳枝看着浮想联翩的路易，“洛生呢？我要带他出院。”即使是没有觉醒的进化人，依然拥有超越常人的痊愈能力。洛生待在医院里越久，就越不安全。

路易诧异地问：“为什么？洛生的肋骨都被撞断了，现在不能出院。”

柳枝沉默了几秒，“我能治好他。我是学中医的。”

路易笑了起来，“不好意思，我实在忍不住。中医？中医是玄学，和中国武术一样。”一个普通人原地起跳二十米，足以让他踏步的那只脚的脚趾瞬间粉碎性骨折。武侠小说里飞来飞去的武林高手，他从未在现实中见过。

柳枝并不生气，“你和洛生的想法挺相似的，所以他不肯继承家业，跑来日本读医科大学。虽然这很愚蠢。”

路易的笑声戛然而止，他隐约知道洛生为什么在听说柳枝妹妹要来日本时有些慌张。

路易指了指病房，“他还在里面，暂时无法探访。你可以隔着玻璃看看。”

与此同时，洛生睁开了双眼，一时之间，他不知道自己在哪里，也差点儿忘记自己是谁。极度的饥饿感袭击了洛生，他觉得自己无比渴望能量和水。最让他不适应的是，他仿佛看到日落日起不断，整个病房仿佛被无数医生和护士的幻影包围，强烈的眩晕感让他抱住自己的头。

他吃力地半坐起身来，拔掉了手背上的输液管，针孔在瞬间愈合。监控器响了起来，匆匆赶到的护士推门而入。

洛生努力集中注意力，分辨真实和幻影的区别，他扶着墙踉跄着离开了病房，看到了柳枝。

是的，柳枝。

在无比眩晕的世界里，柳枝是唯一坚定清晰的存在。柳枝就像是汹涌海洋里沉默坚固的岛屿，或是时光幻影里唯一不受影响的真实雕像。她沉默地看着他，神情有些严肃，眼底是无法掩饰的担忧，深黑的眼睛里有着月夜湖水幽静的光。

洛生觉得全身无力，心跳宛如鼓点般密集，他跪倒在地上，听到路易的声音，“洛生，你是用跪礼来觐见你的未婚妻吗？”

洛生低头喘息，他想起自己开车前往机场接柳枝，在高速公路上被野猪撞飞出去。高速公路上怎么会有野猪？

柳枝蹲下身，不顾护士的劝阻，把散发着淡淡异香的药丸塞进了洛生的嘴里。她已经五年没有见过洛生了，昔日青涩的少年如今已经蜕变成狼狈的青年。这就是时间的魔力。

柳枝的指尖抚过洛生的喉咙，药丸滑入洛生的食道。她站起身来，看着跪在地板上狼狈且懵懂的洛生，忍不住笑了起来，轻轻地在洛生耳边说：“洛生，你也有今天。”

洛生在检查后被送回病房，而柳枝和路易被赶了出去。医生认为专业的护士比家人更能照顾好病人。

柳枝告诉路易，她一定要守在这里，路易不得不找在这里工作的学长帮忙，让柳枝能够待在医院里。

幻觉不再出现，眩晕感已经退去，饥饿感消失，心跳也恢复了正常，连原本车祸受伤的肋部似乎也不再疼痛。洛生觉得自己精力充沛到可以立刻跳下床去打扫一整栋大楼的楼道。

路易之后一直追着柳枝询问还有没有更多的“神药”。洛生知道，自己能好起来显然和柳枝喂自己的药有关。爷爷让柳枝离开雨镇远赴日本送来的药果然拥有奇异的力量。

洛生的心情并不轻松，他心底的猜测在此刻无比清晰，他不是一个正常的人类。五年前，他极其可笑地逃离了雨镇，以为这样就不会给亲人带来伤害。洛生没想到自己的异样居然是一种洛家的遗传病，甚至有珍贵的药能帮他渡过难关。

洛生看着窗外的月光。他捂着脸低声哀号，觉得自己就像一个笑话。

伯原智久走在月光下的东京。

他沐浴着月光，宽大的僧袍在月亮下的影子就像是大鸟的翅膀。戴着蓝牙耳机的他正在听东京最火歌姬的舞曲，手指忍不住随着节奏轻微晃动。

偏僻的街道没什么行人，只有路灯散发着昏黄的光，展露出不属于繁华东京的另一面。这里在三十年前曾经是无数人渴望的居住区，随着年轻人的迁走，剩下的老人们在无声无息地生活和死去。

一只脏兮兮的白色皮球滚到了伯原智久的脚边。

伯原智久抬起头看着站在不远处神色阴沉的小女孩，“为什么不是一个美艳的女人，而是一个小孩？这样的鬼故事已经过时了。”

小女孩的声线可爱，但透着诡异的苍老和阴森，“这里是我们的领地。请您离开。”

伯原智久笑了，眼底似乎有野火燃起，“这里是日本，这里的每一寸土地都属于人类。你们这些来自天外的异类统统都该死。”他的父亲就死在一个伪装成小孩的高阶异类手上，他不会再犯同样的错误。

八

京琦医科大学的校门并不显眼，但校园里处处开满了粉色樱花，旧旧的低矮建筑，角落里长着青苔的台阶让人觉得这里的时光和雨镇一样缓慢悠长。

出院的洛生看起来已经完全康复了。他带柳枝走在校园里，粉色的樱花如云似雾，不时有穿着和服的少女在樱花树下拍照。

阴魂不散的路易跟在洛生身边，“柳枝妹妹一定是很厉害的中医大夫，我说，她给你吃的那种神药，我们可以在日本贩卖，从此走上人生巅峰，我也能迎娶美丽的铃木小姐。”

洛生问路易，“你不是失恋了吗？这么快就喜欢上了其他女人？”

路易略带羞涩，“只是暗恋。”他继续纠缠柳枝，“柳枝妹妹，能不能发家致富就在今日！”

柳枝侧过头，“路易，那种药一百年都凑不齐方子里的所有药材。而且它只适合洛生的体质。”

路易贼心不死，“这里是日本，真正的有钱人拥有你难以想象的财力和资源。药材不是问题。前几天，拥有数十亿美元身家的富豪西村雨郎病逝，他的儿子女儿正在和他突然冒出来的私生子争夺遗产。那个私生子简直就是西村雨郎年轻时候的复刻版。他拿着他老爹的遗嘱夺走了大部分遗产，立刻开始享受美好人生。我们也可以过上那样的好日子。”

柳枝淡淡地回答，“我对钱没兴趣。”

路易气得手脚发麻，“洛生，你也不管管你未婚妻。穷人没资格说什么对钱没兴趣之类的话。”

“我可不是他的未婚妻。”柳枝没有看洛生，径直快步走向不远处。失踪五年不回家的未婚夫早就应该丢到垃圾箱里。

路易看着站在原地神情恍惚的洛生，“其实柳枝妹妹还是很关心你的，你住院的夜晚，她都守在医院里，只不过不能进病房。我也不知道她为什么这么做。女人都是口是心非。洛生，你一定要说服柳枝妹妹。”

洛生看着柳枝的背影，年轻美好的女孩仿佛林间小鹿，轻盈可爱。她似乎对自己逃避五年的行为并没有什么怨恨，只是他知道柳枝不会原谅自己。

风吹过，仿佛有看不见的人轻抚发梢衣角。

洛生发现自己出院后变得和以前有些不同。他的皮肤能感觉到风的速度，视力更强，连嗅觉也变得灵敏。路易的身上有着淡淡的女人香水气息。不，还有其他的气味。

洛生靠近路易仔细捕捉那古怪的气息。

路易伸手推洛生，“你干什么？”此时的洛生看起来很像一条狗。

洛生认真地说："我觉得你应该去检查一下你的甲状腺。"他闻到了不好的气味。

路易呆了几秒，有些悲伤，"洛生，你应该回医院，我觉得你的脑子可能被撞坏了。"

洛生伸手触摸路易的脖子，指尖有微妙的感觉，如微弱的电流在游走，"你的甲状腺结节发生了变化，你需要尽快去医院做穿刺检查。"

路易有些心虚，反而因此恼怒，"需要治疗的是你。"

原本过着近乎苦行僧般自律生活的洛生突然出现幻觉，还因此遭遇车祸。车祸后，他吃下了柳枝妹妹送来的神药，以异常的速度康复，三天就出院了。现在，他居然能凭借嗅觉判断自己的甲状腺需要检查。

洛生平静地看着路易。路易眼底的愤怒散去，不安在凝聚，"那你更应该让柳枝妹妹问清楚药方来救我。我现在就去医院检查，你陪着柳枝妹妹好好逛一下东京。"

洛生不知道柳枝什么时候回中国，他没有问。

洛生和路易挥手告别，他加快脚步赶到柳枝的身边。

柳枝侧过头问洛生，"路易呢？"樱花如云，树下的女孩娉婷如花树，那么近又那么遥远。

洛生说："他去医院检查身体了。中午想吃什么？"

柳枝想了想，"我们去超市买点食材，回家里做吧。"洛生应该很多年没吃过家乡菜了。

超市有时能安抚抑郁症患者。明亮柔和的灯光，食物的香气，堆满商品的货架，让人不由自主地心情振奋。洛生在货架一隅挑选蔬菜，柳枝在一旁打量货架上各式各样的蔬菜。它们被洗净分开封入盒中，卖相不错。不过柳枝还是喜欢小镇菜市里那些带着露水、刚采摘下的蔬菜。

洛生发现柳枝似乎能看懂日文标签，“你会日语？”

柳枝点了点头，“会一点口语，能看懂简单的日文。你不用担心我会走失。”多学一门外语总是有用的。时间那么多，总要学一点东西来消磨时光。

洛生以为柳枝是为了自己才学习日语的，他心中的愧疚更深，连忙说：“对不起。”

柳枝忍不住笑了，“洛生，你很喜欢说对不起？你有权利选择你的人生。爷爷或是我都不能控制你。我来日本是为了把药带给你，过一周我就回雨镇。”

柳枝去不远处的货架选择要买的食材。

洛生心情激荡，拿着的盒子里的蔬菜在瞬间变得枯黄。他惊骇地看着盒子，不知道怎么会这样。他把盒子塞回货架深处，不敢再拿任何商品，环顾四周，并没有人注意到他的异常。

洛生的病并没有因为爷爷的药而痊愈。正常人怎么可能拥有这样的力量？他还是一个怪物。

柳枝在货架后笑而不语，觉得忐忑不安的洛生分外有趣，她希望能延长这种看戏的愉悦。洛生醒来后还有一段力量不稳定的时间，她需要判断力量稳定后的他是否是原来的他。许多进化人无法完全觉醒，可能会性情大变，沦为嗜血异类。

洛生看着柳枝慢条斯理地挑选食材。新鲜的牛肉。产自江户的玉米。颗粒略修长的籼米。几瓶牛奶。她似乎很喜欢在超市悠闲购物的感觉。几年不见，柳枝长高了一些，似乎没有以前那么冷淡犀利。平心而论，柳枝已经变成长腿美女，是会让许多男人惊艳的那种女孩。

细心挑选着食物的柳枝看起来就像是一个年轻的主妇，正在考虑最近两天的菜单。

洛生看着柳枝，眼底的不安散去。五年没见，柳枝并没有给他陌生的感觉，她对于自己的家族遗传病似乎并没有什么激烈的反应。

离开超市，走在阳光明媚的街道上，洛生和柳枝谈着他这几年的生活经历。

洛生有很多话想要和柳枝说，他问："爷爷说过这种家族遗传病会有什么症状吗？"

柳枝侧过头看着洛生，似笑非笑，"它通常在成年后出现症状，偶尔也会因为强烈的刺激在少年时发病。其实你读大学前的那个暑假轻微地发作了一次，你昏迷后，爷爷给你喂了药。这种家族遗传病有时会改变人的脑部结构，让人失去理性，产生幻觉，疯狂嗜血。不过，运气好的话，这种病有时只会让病人拥有一些不同于常人的能力，比如你能察觉到路易甲状腺结节的恶化。至少在洛家，最杰出的大夫都曾是家族遗传病患者。你猜，你会是哪种？"

洛生想起了遥远梦境里那个冷酷异样的自己，心中不太确定，

“我不知道。为什么五年前爷爷不和我说清楚？”

柳枝凝视洛生，“你那么脆弱，第二天就借口要熟悉校园离开了雨镇，一个月才和家里联系一次。爷爷觉得那时告诉你，说你可能成为失去理智的怪物，大概你的心理和身体都无法承受。现在你应该坚强一点了吧？”

洛生听出了柳枝的嘲讽之意，他无法向柳枝述说他觉得时间都停止的那种让他窒息恐惧的诡异感觉。

洛生沉默了几秒，“我需要好好想一想。无论如何，我最不愿意伤害的就是爷爷和你。”

柳枝回答，“这五年里我也变强了。你应该还是打不过我。”至少如果洛生失控袭击她，她应该能活着逃走。

洛生看着柳枝，笑得温柔，“那就好。我以前想成为医生其实是因为你。你小时候老是和人打架，爷爷赔了好多医药费。”五岁的时候，柳枝离开福利院来家里的第一天就把自己揍得痛哭流涕。柳枝从来不哭不闹，能用拳头解决的事情，她从来就懒得用言语说服。洛生想起了一些被自己忽略的童年旧事。小时候的柳枝有很长的一段时间都会不小心弄坏家里的东西。水龙头。水杯。门锁。仔细想想，小柳枝揍自己的时候已经分外轻描淡写，否则他就不仅仅是哭爹喊娘，而是手断脚断了。

柳枝侧过头看了洛生一眼，“哪里都可以成为医生，为什么选择在异国他乡？”

洛生一直害怕成为怪物的自己会伤害爷爷和柳枝，他故作轻松地笑笑，“因为日本的气候不错。”

天空湛蓝，海风柔和。在这样的景色里，东京如同闪耀的梦境。柳枝想，此时洛生的理想是成为一个优秀的西医，而自己的梦想是什么？在雨镇悠长的时光里度过平静的一生？

洛生想起了超市货架深处那盒枯萎的蔬菜，“在我自己的病没有痊愈之前，我根本没法成为医生。”

洛生的视线落在自己的手上。如果无法控制这古怪的力量，他根本无法成为合格的医生，甚至有可能杀死接触自己的人。

柳枝侧过头看了不远处的黑色轿车一眼，然后目送轿车轻快地滑入车道离开。柳枝觉得车里的人似乎在注视着洛生和自己，但她不是特别确定。

洛生看着柳枝，她的五官古典温雅，不说话不发火的时候就像仕女图里美好的少女。她从小和自己一起长大，因为那次意外而分离，他躲避着她，躲避着真正的自己。她却在他离开的地方长成了更坚定自由的她。

洛生低下头看了看自己摊开的双手。爷爷的药救了出车祸的自己，但是这种家族遗传病似乎并没有被治愈，甚至不可能被治愈。他知道自己发生了某种改变，而且这种改变还在皮囊之下继续着。

九

旧出租屋。

洛生进门前碰到了隔壁邻居宁姐。宁姐美艳动人，拿着名牌包包，看到洛生笑眯眯地用东北话打招呼。

她打量着柳枝，“洛生，这是你的女朋友？”

洛生突然不太想否认，“宁姐，你看起来心情不错。”

宁姐笑得妩媚，豪放直接，“最近认识了一个日本有钱人，还挺帅。”看得出洛生很紧张他的小女友。虽然路易是个“人渣”，但洛生是难得的好男人，除了穷，没其他问题。

宁姐的手机铃声响起，她接听电话，日语柔媚婉转，温顺乖巧，和刚才的“大碴子味”家乡话截然不同。

洛生对宁姐挥挥手，带着柳枝进了出租屋。他告诉柳枝，隔壁的宁姐很照顾他，过年还包白菜猪肉馅的饺子送给他。

洛生和柳枝一起做午饭。锅子里的土豆烧牛肉散发出食物的香气。洛生把切成小块的豆腐倒入味噌汤里。原本日常的生活，在中午灿烂的浅金色阳光里，诞生了奇异的温馨幸福感。

洛生的手机响了，他接了电话，脸色变得说不出的古怪，低声说了几句就结束了通话。这是路易打来的电话，医生建议他做进一步检查。

柳枝得知路易的情况，她并不惊讶，“连老鼠都能凭借嗅觉判断同伴是否有缺陷，你怎么也比老鼠强一些。”

柳枝平淡的态度让洛生心中的异样感消散了许多。他也觉得无论如何自己比老鼠要强一些。

柳枝给洛生盛饭，拿筷子，“试试我的手艺。”

洛生大口地吃着家乡菜，不知道为什么心中微酸。他看着柳枝，放下碗，“爷爷还好吗？”

柳枝微笑，“他挺好的，就是经常会想你，想你的时候就骂你蠢。”

洛生心中想说的话都无法再说出口了。他默默地端起碗继续吃饭。如果时间能够倒流，他希望自己五年前没有懦弱地逃避。

柳枝看着憋屈的洛生，眼底的笑意更深。五年后，再度见到洛生，她发现自己对洛生的感觉更加复杂了，有点像是操碎了心的老母亲面对即将高考的儿子。

洛生吃光了所有的菜，利落地收拾餐桌。

柳枝坐在沙发上看着忙碌的洛生，轻松愉悦。她似乎在梦里看到过这样的画面：平常的午后，她和他的午后。

洛生去狭小的厨房准备咖啡。午后的阳光照了进来，他微笑的脸上是一直小心翼翼藏起来的喜悦。

洛生右手拿着抹布想要擦拭靠墙的小餐桌，以前闲暇时，他喜欢坐在这里喝茶或咖啡。微妙的眩晕再次毫无征兆地出现，他手中绵软洁白的抹布正在快速老化，随后变成发灰的碎屑落在桌上。

洛生惊慌失措地用右手按在餐桌上，稳住摇晃的身体。然而他在商场大减价时购买的小餐桌在他的右手下以肉眼可见的速度腐朽。洛生忙不迭缩手，看着眼前摇摇欲坠的小餐桌，欲哭无泪。

洛生的心都在流血，买一张新桌子又要花钱。他觉得自己很没用，尤其是在柳枝的面前，他不想自己显得那么狼狈。

洛生用左手掏出裤兜里的手机，打视频电话联系爷爷。

视频接通，洛生看到爷爷搓眼角的模样真是分外亲切，忍不住热泪盈眶，“爷爷，柳枝说的家族遗传病到底是怎么回事？我害怕。”

此刻，爷爷正在离家不远小河边的柳树下垂钓，他有些漫不经心，“柳枝已经和我联系了。你需要自己学会如何控制自己的力量，保持自己的理智。”小时候洛生哭，如果别人去安慰他，他会哭得更大声，更久。

洛生向爷爷展示朽坏的小餐桌，惊异地问：“这种力量怎么控制？”

爷爷露出看似神秘其实只是犯困的微笑，“你真正不想伤害的人，你不会用这种力量去伤害她。即使在五年前的那个夏天，你的力量第一次爆发时，你也没有伤害柳枝。你需要去感受你的力量，和它沟通，安抚它的情绪。最重要的是，你必须保持心情平静。”洛生真是笨得令人揪心。

洛生看着自己的右手，脑海里是各种让他不寒而栗的灾难场景。他努力平复心情，感受那种不知为何而来的力量。它像是一只蠢蠢欲动的小兽，潜藏在掌心里，迫切地想要吞噬什么。

洛生的额头隐隐作痛，他想，这些眩晕和疼痛也许就是力量出现的副作用。他感觉涌动的力量在缓慢平复，慢慢消失在身体的某个旋涡里。

洛生试探着拿起边柜上的玻璃杯，玻璃杯安然无恙。他松了一口气，强装镇定地喝了一些杯子里的水。

爷爷对洛生说，“只要一次失误，你就会被发现。日本可不像你想象得那么安全。”

洛生愣了愣，“什么意思？”

爷爷苦口婆心外带恐吓地回答，“还是自己的祖国好，这种家族遗传病可不是只有你才有。而且日本的鬼怪传说那么多，可不都是假的。你还是回家乡开个诊所吧，我打听过了，输液最赚钱。”

洛生觉得自己的头又开始疼了起来，就在这个时候，手机显示有来电，洛生匆匆和爷爷告别，接听来电。是新生集团人事部职员询问他何时可以去工作的电话。大厦清洁可以在晚七点到十[illegible]点进行。路易说曾经联系那边，告知他车祸住院事宜并辞去兼职，没想到新生集团保留了他的兼职资格。

洛生想到了柳枝，他希望在柳枝回国前能给她买一份礼物，所以打算从明天开始每天去工作四个小时。那时候的新生大厦里也没有什么人，即使他的家族遗传病再度发作，应该也不会被人发现。

路易是在傍晚回来的，他看起来并不丧气，反而带着隐秘的喜悦。

“洛生，今晚我请你和柳枝妹妹去美杜莎夜店庆祝你康复和她来日本。我新认识的女神也会去。”

洛生问，“是你最新的暗恋对象？”

路易略带羞涩，“她是我的真爱，这么多年来，我所有的恋情都是过眼云烟。”

洛生极其诧异，“美杜莎的入场费挺贵，你居然舍得。”半年前，他曾经帮朋友开车接送过几次客人。美杜莎夜店是六本木的网红夜店，有酒吧也有舞池，装修豪华，外国人众多，美女如云。它比较正规，只是一个让人喝酒或跳舞放松的地方。洛生来日本忙于读书和兼职赚生活费，从未进过夜店。

路易笑得如同狐狸，“今晚是女士之夜，所有女性顾客免费入场，饮品免费。我只需要付你和我的入场费还有酒钱。洛生，谢谢你提醒我。”

洛生叹气，“那你还要喝酒？”

路易笑得恍惚，“为了铃木小姐，我什么都愿意做。”

洛生觉得路易这一次迅速坠入了情网，但他并不担心。路易每次都说遇到了真爱，然后他花着真爱的钱，最终被真爱抛弃。

十

晚上十一点。

夜晚的日本依然热闹，星辰在蓝灰色的天空中静默无言，尘世似乎只是星星梦境的具象。

洛生表示自己不能喝酒，所以他成了路易的旧车司机。洛生可不敢喝酒，要是他喝酒后情绪失控，把同伴化为灰烬，那他只能开车冲入大海了结余生。

美杜莎夜店位于六本木最繁华处，深夜的街热闹非凡，霓虹闪烁。许多上班族也会在深夜乘坐地铁、出租车到达这里。他们在夜店小酌放松，清晨从储物柜里拿出职业装换上，然后直接赶往公司上班。

霓虹的光晕打在洛生一行身上，最耀眼的还是柳枝。她肤色雪白，红唇艳丽，花苞头略微蓬松，穿着短裤的长腿白皙有力，新买的带跟长靴显得她英姿飒爽。

路易小声地问洛生，“这样的未婚妻你放心吗？应该赶紧结婚。”

洛生看着一旁化妆后的柳枝，神情有些恍惚。柳枝美得有些惊心动魄，以至于他有点不敢靠近。这种新奇、忐忑的感觉从未有过，让他无所适从。

路易看了看手机，铃木小姐的信息弹了出来：我到了。

不远处，一辆黑色豪华轿车缓缓停下，司机为铃木初雅开门，又在她的吩咐下将车驶离。

穿着银灰色长裙的铃木初雅仿佛一支的慵懒夜曲，就这么浸入人的心。

路易痴痴地看着心中女神，情不自禁地走了过去，赞美道，“铃木小姐，今夜的你美得就像月光。”

铃木初雅笑了笑，路易觉得月光落在了自己的心底。他有些忧虑，铃木小姐比他以前认识的女人都美丽和富有，他深觉自己配不上她一分一毫，但他却无法让自己远离铃木小姐。铃木初雅拥有一种摧枯拉朽的魅力。

路易让自己不要再多想，他带着铃木初雅和洛生、柳枝会合，一路上享受着别的男人羡慕的眼光。

铃木初雅的视线落在洛生身上，她微微一笑，眼神专注，“洛生，没想到会在这里遇到你。”

洛生愣了愣，礼貌地打招呼，“铃木小姐，晚上好。”

路易没想到铃木初雅和洛生认识。他发现铃木初雅注视洛生的眼神非常专注，心中隐隐觉得不妙。

柳枝站在洛生身侧保持沉默。她闻到了奇异的香气，极淡却又像是在哪里闻到过。

路易介绍柳枝和铃木初雅彼此认识，她们微笑着点头致意。柳枝觉得铃木初雅很特别，她气质高贵，态度亲切，怪不得路易摆出了一副遇到真爱的模样。

柳枝简单地用日语和铃木初雅交谈了几句。洛生发现柳枝的日语水平可不只是简单的会一点。柳枝在雨镇为什么会学日语，是为了他吗？洛生心潮起伏，看着柳枝的侧脸，眼底有了柔和的神情。

夜店外，几个彪形大汉拿着仪器检查男士们是否携带违禁物品，毕竟有美女、美酒的地方很容易发生冲突。

洛生一行走进了美杜莎夜店，一个和白天的东京截然不同的世界。夜店的层高惊人，二楼一圈是喝酒小酌的地方，还有更隐秘的隔音包厢。一楼巨大的舞池里人群涌动，就像潜水时密密匝匝的鱼群。超炫目的灯光，超大 LED 屏，来自纽约的顶尖 DJ 团队为客人们开启了深夜里的视听盛宴。

路易说，夜店所在大楼的顶层提供给豪客们各种奢华享受。如果高兴，豪客们随时可以乘坐直达电梯进入顶楼，体验绝佳的服务，释放所有的压力。

与此同时，曾经在新生集团治疗，摇身一变成自己私生子的西村雨郎正搂着自己的新女友，也就是洛生认识的宁姐步入直达顶楼的电梯。电梯通过刷卡以及输入带有时效的密码控制。

宁婉婷看着自己新男友俊朗的侧脸，心中甜蜜。最近几日，夜晚十点，西村雨郎总会光顾她工作的居酒屋，没想到他居然会对自己表达爱慕之意。宁婉婷更没想到，西村雨郎居然就是新闻里获得大笔遗产的富豪私生子。

宁婉婷曾经问过男友，为什么会喜欢自己。西村雨郎说，她和他去世的妻子长得一模一样。男人搭讪时总是喜欢说，你像我的初恋，我有一个朋友和你很像之类的话，宁婉婷并没有放在心上。

他们预订的是顶层的寓所，叫作缪斯。西村雨郎醉得拿不稳房卡，宁婉婷输入了开门密码后进入缪斯。

缪斯是奢华的寓所，入户门是青铜做的，仿佛时光交错，古代和现代风格相融。输入密码，青铜门滑开，便开启一个纸醉金迷的新世界。到处是精美的器具，别致的设计，如梦似幻。

宁婉婷踢掉高跟鞋，赤脚踩在长毛地毯上，脚心微微发痒。她走到整面玻璃墙前，发现可以俯瞰东京的灯火。她找不到属于自己出租屋的灯光，怅然察觉出自己如蝼蚁一般渺小艰难的人生。

西村雨郎已经喝过一些酒，步履蹒跚，而且变得絮絮叨叨，“我以前没钱的时候，是舞子你一直鼓励我、支持我，我有钱了，你却病死了。舞子，我很想你。”他的钱夹里收藏着年轻时候舞子的照片，舞子也因为死亡变成他心底永恒的依恋。有时候，人们怀念逝去的人，却冷待活着的人。

宁婉婷没有陪着西村雨郎，而是推开又一扇雕刻着美神沐浴画面的青铜门，走进巨大的浴室，想象着自己泡在温水中的舒适感觉。这里的房屋很值钱，她一生的积蓄大概都买不了浴室这么大的地方。日本对穷人来说并不友好，她不觉得西村雨郎会娶她，两人不过是一时的意乱情迷。

穿着深色樱花图案和服的清秀服务生端着清酒走了进来。她的手心里藏着一支注射器。寓所内部并没有摄像头，她只要将注射器里的过量毒品注入西村雨郎的体内，就能获得一笔不菲的报酬。西村家的长子对于突然冒出来的私生子得到大部分遗产非常不满，他不想西村雨郎活着看到明天的太阳。

服务生看着西村雨郎的女友去了浴室，她靠近西村雨郎，顺利地将注射器的针头刺入躺在沙发上有些醉眼惺忪的西村雨郎的头皮。针头涂抹的麻醉剂让针刺的痛楚几近于无。

毒品注入人体，仿佛闪电一般的快感笼罩了西村雨郎，原本替代他衰败组织，让他恢复青春的异类幼生体从类于睡眠的状态中惊醒！

就在服务生将注射器藏在腰带里，急匆匆向寓所大门走去的时候，在沙发上全身颤抖的西村雨郎睁开了宛如深度白内障患者的双眼，他的骨骼以肉眼可见的速度发生变化，手臂在拉长，指骨变得更粗大，然后四肢着地凌空跃起，扑倒了服务生。

清秀的服务生尖叫了一声，就被长出犬齿的西村雨郎咬断了脖子。温热的血液让失去理智的西村雨郎觉得无比甜美。

与此同时，原本坐在二楼酒桌旁和路易喝酒闲聊的铃木初雅诧异地抬头看了斜上方一眼。她感觉到了有些异动，但因为距离太远，她不能确定是不是自己的错觉。

宁婉婷换上丝质睡衣，悄无声息地打开浴室的门走向起居室，想要给西村雨郎一个惊喜。

她的长腿刻意从睡衣下摆的缝隙里伸出，脸上的表情却在瞬间凝固。所有的绮念都消失了。西村雨郎背对着她趴在穿着和服的服务生身上。服务生双腿双脚惨白，正在抽搐着。地上是暗红色的血迹。

宁婉婷捂住自己的嘴退回浴室，迅速将门反锁。她哆哆嗦嗦地打了报警电话，平时流利的日语变得磕磕碰碰，还夹杂着中文。

报警后，宁婉婷拨打了洛生的电话，她不知道自己为什么会联系洛生，也许是因为洛生不会像路易一样色眯眯地看自己的胸部，还曾把醉酒倒在走廊里的自己扶进屋子，把走廊里的呕吐物清理干净。

洛生看到是宁姐的电话，推开角落里的门去了走廊，他听到宁姐的啜泣声，“宁姐，怎么了？”

宁婉婷不敢大哭，她小声地说，“我在六本木美杜莎夜店的顶层，我男友突然袭击了服务生，他看起来不太正常，就像个怪物。我已经报了警，现在躲在浴室里反锁着门，但我觉得我可能等不到警察来。洛生，如果我死了，你记得把我放在床板下面的存折交给我妈，密码是我的生日。”

洛生没想到宁姐居然就在楼上，“我就在美杜莎，我来找你。”

宁婉婷仿佛溺水的人抓到了唯一的浮木，“一楼的专属电梯开启密码是642153，我在青铜门的缪斯，开启密码是071170。你要小心……”巨大的撞击浴室门的声音打断了宁婉婷的话。

柳枝出来看到洛生正推开走廊的安全门。

柳枝问：“怎么了？”

洛生抓住柳枝的手腕一边跑一边说："宁姐就在楼上。她说她的男友变成了怪物，袭击了服务生，她躲在浴室里很害怕。"

两人跑入专属电梯，一直往上。洛生打电话让路易通知夜店的安保人员。他对怪物这个词有一种无法言喻的敏感，总觉得等说明缘由后再让安保人员去查看，宁姐大概已经死了。

他低下头看了看自己的右手，右手有时涌出的那种力量，是不是能够帮助别人呢？比如，杀死怪物。

十一

高速电梯平稳，洛生有些惴惴不安，觉得自己是不是过于鲁莽了。他无法说清内心浮出的感觉，似乎他并不是第一次听到类似的消息，并做出相同的选择。这让他觉得心底藏着另一个自己。

柳枝感觉到了微妙的波动，那是异类狂暴时散发的精神涟漪。她冷冷一笑，“洛生，异类很可能就在顶层。爷爷说，从很久以前，来自天外的异类就来到了这个世界，是人类真正的仇敌。”洛生对异类的仇恨从未消失过，即使失去往昔的记忆，依然潜意识地选择了面对和战斗。

洛生觉得陌生又熟悉，“异类？”有什么东西仿佛在他脑海深处呼之欲出。今天下午，他和爷爷视频时，爷爷说的那些奇怪的话似乎并不奇怪。拥有千万人的东京乃至整个日本，真的藏匿着许多异类吗？

柳枝想起自己在快铁上遇到的被异类寄生的白人，还有日本和尚伯原智久，“是的。你出车祸那天，我就遇到了被异类寄生的人，当然，有异类就有能够抓住异类的人。你别怕，我和你上去看看，要是宁姐说的怪物太强大，我至少能带着你逃走。”

洛生越发觉得自己和路易一样是靠着女人生存的。顶层到了，电梯的门滑开。他快速找到了宁姐说的缪斯。因为手抖，他还差点输错密码。

厚厚的青铜门滑开，洛生闻到了血的腥香，他的腿有些发软。

柳枝回身对洛生说，“你在门外等我，我一个人进去看看。”属于异类的精神波动越发明显，她觉得洛生待在寓所外更安全一些。

洛生握紧柳枝的手腕，“我和你一起进去。”

柳枝看着洛生坚定的眼神，笑得柔和，“好，我们一起进去。”

柳枝和洛生进入寓所。她回身关好门，和洛生手牵着手，嘴角微微上扬。她的视线搜寻着宁姐说的怪物。寓所里极安静，沙发前的长毛地毯上躺着穿和服女人的尸体，她的脖子上有着极深的撕裂伤，就像是被野兽袭击过，但她流出的血并不多，显而易见，她身体里的大部分血液都被怪物吸走了。

柳枝和洛生穿过一段走廊，看到了走廊尽头被撞得扭曲的青铜门，门并没有被完全撞开。

柳枝和洛生身后的走廊天花板上，西村雨郎双手双脚倒扣着，宛如壁虎一般无声无息地爬行，渐渐接近他们。西村雨郎的皮肤下仿佛有什么东西在缓缓蠕动，宛如套着人皮的怪物正在靠近猎物。

洛生站在浴室扭曲的青铜门外轻声问，“宁姐，你还好吗？”

宁婉婷颤抖的声音在浴室里响起，“我没事……”

与此同时，西村雨郎从天花板上跃下，直扑柳枝。他感觉到柳枝对他的威胁，所以想要出其不意干掉来人里强大的那一个。

电光火石之间，柳枝避开西村雨郎的利爪，侧身后踢在他的腹部。西村雨郎倒飞了出去，半空中迅速变换姿态，落在了地毯上。他的瞳孔上覆盖着白膜，脸庞的皮肤下不时有细小的根须游走。

柳枝觉得宁姐的怪物男友力量惊人，很显然他体内的异类并不是临时寄生在他身上的。异类的身体已经和他的身体完全融合。

柳枝并不废话，径直冲了过去。她许久没有和异类战斗过了，但对异类的仇恨已经深入骨髓。

洛生的精神受到了异类精神波动的冲击，有些眩晕。时间仿佛在拉长变慢，柳枝和怪物的格斗由快得目不暇接变得清晰可见。那些飞溅的玻璃碎片，柳枝犀利且充满美感的格斗技，怪物违背物理规则的弹跳力，一切都以不同寻常的慢速度向洛生展示着难以言喻的力量和美。

洛生无比深刻地意识到，柳枝并不只是一个从小就力量很大的“打架狂”。这种级别的对战，已经超过了正常人的极限。

就在这个时候，美杜莎夜店的安保人员打开了寓所的门。西村雨郎趁机夺门而出，撞碎安全通道的玻璃窗跃出了大楼，消失在茫茫夜色里。走廊的监控摄像头拍下了西村雨郎逃逸的整个过程，他的奔跑速度可以媲美奥运会短跑冠军。

深夜的警察署里，年轻的警察小田透冷冷地注视着美杜莎夜店凶杀案的目击者宁婉婷。接到报警电话后七分钟，警察赶到了现场，得知了疑凶逃逸的消息。报警的是疑凶的女伴宁婉婷，夜店的安保人员声称疑凶撞碎安全通道二十九楼的玻璃窗后消失无踪。楼下并没有疑凶的尸体。

“你确定西村雨郎变成了狂暴的怪物？也许他只是吸毒产生了幻觉。”小田透在现场发现了注射器，其中还有残留的毒品。注射器上有死者石原明香的指纹。

宁婉婷惊魂未定，双眼哭得红肿，防水眼线也被她过量的泪水融化，“他把浴室的门撞得凹凸不平，那种力量根本不像人类。”

小田透微微扬眉，“根据你的描述，你的朋友洛生还有柳枝赶到后，你听到你的男友和他们搏斗了几分钟。洛生安然无恙，柳枝只是手臂有一些擦伤。”大厅仿佛发生过爆炸一般，许多物品都化为碎片，大理石茶几也裂成了几块。

宁婉婷也不知道到底发生了什么，“我看到西村雨郎扑在服务生身上咬着她的脖子，她流了许多血，悄无声息，双腿一直在抽搐。我害怕极了，躲进了浴室反锁了门，然后报警。我没看到西村雨郎和我的朋友搏斗的情景，只是听到巨大的声响。”

小田透很明确，眼前的女人应该没有撒谎，“我们发现你的旅游签证早已过期，所以，你将被遣送回国，终身禁止进入日本。”

宁婉婷一直害怕自己打黑工被警察抓住遣返的事情发生，但今夜的她觉得这简直就是福音，急忙说道，“太好了。什么时候把我遣送回国？可以现在吗？”

因为铃木初雅找的律师的帮助，洛生和柳枝并没有在警察署滞留太久。洛生和柳枝很有默契地选择说出部分真实情况，声称他们遇到发狂的西村雨郎的时候，他正在屋子里横冲直撞，他们躲在屋子角落里并没有发生冲突。几分钟后，安保人员赶到时，西村雨郎就害怕得冲出房门跳窗逃走。至于现场为什么像被暴熊袭击过，那就要问逃逸的西村雨郎了。

离开警察署时，铃木初雅特意安排了司机送路易、洛生以及柳枝回家。在凌晨的时候看着东京的月亮，洛生心中复杂。

路易没心没肺，“没想到宁美女的怪物男友居然是西村雨郎的私生子。有钱人很多变态，还好死的不是宁美女。”

洛生叹息，“宁姐很可能被遣送回国。”

路易略觉悲伤，“不知道新租客是否有宁美女那样的好身材。”

柳枝看了路易一眼，“闭嘴。我不想听你说话。”

路易看到了柳枝眼中的杀气，乖乖静音，做了一个给嘴巴拉上拉链的动作。

只是没过几分钟，他忍不住问柳枝，“柳枝妹妹，之前我听到洛生问你有没有受伤？你和西村雨郎的私生子搏斗了？你是怎么做到和一个疯狂壮男搏斗，然后把他打跑的？”

十二

在出租屋外的小巷，路易下了车。柳枝陪同洛生去附近旧车库停车。凌晨的街道寂静到荒凉，月光如纱，掩盖了这个世界不多的真相。

洛生和柳枝漫步在深夜的东京街道上，四周没有人，路灯照在路面，有着类似水波的反光。

洛生对柳枝说："你比小时候凶残了很多。"他和爷爷去福利院，看到一大群小孩在空地上玩耍。小柳枝就孤零零地站在一棵树下。洛生请求爷爷把小柳枝带回家。那时候小镇的很多管理都不规范，爷爷甚至没有办理正式的领养手续，而且他根本就没有领养资格。

柳枝笑盈盈地侧过头，"你害怕吗？我告诉过你，我比以前强得多。"

洛生凝视着柳枝，"我不害怕。我安心了一些。也许我的家族遗传病和你一样，都是进化的一种表现。"

柳枝笑笑，"不止你和我。所以我们不能为所欲为。明天我去见一个偶然认识的人。也许他能帮忙解决掉西村雨郎这个麻烦。”

洛生问柳枝，“要我陪你一起去吗？”洛生心中对柳枝的感觉很特别，他和她牵着手走在危险之地，却分外安心。

柳枝摇头，“梨梨是我在机场认识的，她很可爱。我们早就说好要去寺庙看樱花，穿着和服拍美美的照片。”梨梨这几日不时向她发出邀约，当然还有各种各样和美食美景的合照。可爱热情。

洛生略觉幽怨，“没想到你来日本短短几天就有了两个新朋友。”日本的和尚很多都结婚生子，甚至平时上班，周末在寺庙，并非完全没有威胁。

柳枝微微一笑，月光下的她清丽动人，“你比他们重要。”

洛生只觉仿佛有月光一样皎洁的梨花落在了心的山坡，纷纷绽放。他一时之间有些不敢再看柳枝，耳朵发红。

柳枝看着有些害羞的洛生愣了愣，不知道为什么自己也有些害羞。

当夜，洛生再度梦到了那个旧梦。长着蓝色鳞片的弯月掠过荒芜的大地，在破烂不堪的村庄土屋里，自己醒了过来，火焰灼烧的痛楚让他无法思考。他身旁的女人趴在那里，已经失去了呼吸。活着并不是一件值得喜悦的事情，因为一无所有。

距离善见寺不远的公路边，柳枝和梨梨在和服店铺里租了和服、和伞。柳枝选的是靛青色和服，上面布满樱花。梨梨选的是淡橘色和服，上面是带雪的富士山和浪涛的线条。异国的游客总喜欢这样的调调，可以遐想自己是某个古代日本女人，即将和要一起私奔的情人幽会。

善见寺坐落在樱花林的深处。如云般的粉樱让人忘记尘世的烦恼。通往寺庙的碎石子地踩上去微微发软。善见寺小而精致，临水而建，池塘里有着嫩绿的浮萍，台阶上生着青苔，古朴自然。

寺庙的一隅，许愿签在木架上密密麻麻地挂着。人们写下自己的心愿，希望神灵能庇佑一切顺利。

在给梨梨拍了几十张照片后，柳枝干脆把梨梨的手机塞还给她，“我去逛逛，你继续用自拍杆拍照。”她还是不太习惯这种闺蜜间的交流方式。她觉得这几十张照片大同小异，完全不明白梨梨为什么乐此不疲。

柳枝往寺庙的僻静处走去，四周的人越来越少。她一时之间忘了自己在日本，仿佛身居唐朝长安的某个寺庙，一些遥远的记忆从时光彼岸呼啸而至。那时的她，和那时的洛生。

伯原智久穿过门廊看到的就是令他惊艳的画面，古代的贵族少女站在樱花树下，眼中是深深的惆怅，似乎正怀念某个消失在山海之外的人。

伯原智久走了过去，认出柳枝就是前几日在成田快铁车厢里冷静淡然的女人。她的中国功夫应该不错，使用巧劲踢倒了失控的被异类寄生的白人。

伯原智久问柳枝，“喜欢善见寺的樱花吗？”

柳枝环顾四周，“这里让我回忆起一些美好的事情。”

柳枝望向含笑的伯原智久，“我昨晚遇到了和在那天的快铁上一样奇怪的人。也许你想知道。”

伯原智久脸上那漫不经心的微笑收了起来，他看着柳枝的眼神带着研判，“奇怪的人？”

柳枝轻轻点头，“他们的皮肤下面似乎都有什么东西在游走。”

柳枝向伯原智久述说了她在美杜莎夜店的遭遇。

伯原智久微微一笑，凝视着柳枝，“你真是一个幸运的女孩。两次遇到发狂的人都安全脱身。你朋友那位发狂的男友叫什么名字？”

柳枝回答：“他叫西村雨郎，是最近新闻里那个死去的富翁西村雨郎的私生子。真有意思，父亲和儿子居然是同一个名字。这是日本的传统吗？”

伯原智久想到了什么，双眼微眯，“确实有时候会这样取名。不过，也许他们是同一个人。”

柳枝眨了眨眼，似乎不明白伯原智久的意思。她看了看天色，“我要去找我的朋友了。伯原智久君，很高兴认识你。”

伯原智久凝视着可爱的中国女孩，“可以留一个你的联系电话吗？”

柳枝笑了笑，“我没有日本的电话号码。过几天我就回中国。”

伯原智久摸出手机，“我们加个微信吧。也许我以后还能帮你在家乡的朋友们代购一些家电和化妆用品。”伯原智久第一次觉得不应该就这么和有趣的柳枝小姐错过。

柳枝只能用手机加了伯原智久为微信好友，“没想到你会使用微信。”

伯原智久笑的时候如同狡猾的狐狸，“有很多可爱的中国女孩都用微信付款买我们寺庙的御守。我可以免费送你一个御守。”

目送柳枝的身影消失在灿烂的樱花深处，伯原智久脸上柔和的笑容消失了。柳枝身上没有进化人的波动，也没有异类的气息，她看起来就像是一个会一些中国功夫的普通人。但是，在短短几天时间里，她两次遇到异类寄生失控事件却毫发无伤，这就是最大的疑点。

伯原智久转过身穿过曲折的长廊，走进中间沙地上落了数十只乌鸦的庭院。他更喜欢北海道的乌鸦，在凛冽的海风里，乌鸦们盘旋起伏，叫声里藏着命运给予的暗示。

一只乌鸦飞到了他的手臂上，羽毛黑亮，双眼火红。

伯原智久凝视着乌鸦宛如火钻一样灼热晶莹的双眼，下令道，“六本木警察署并没有将异常事件上报。异类的势力很可能已经渗透其中。我需要西村雨郎和他私生子的详细情报。比如，西村雨郎曾经在哪里治疗过他的癌症。他的私生子从小到大的求学经历。”如果异类能让人返老还童，绝对属于珍稀的异类。在东京乃至日本隐藏着大量偷渡来此的异类，他的任务就是抓住它们交给相关机构进行研究。

庭院里原本平静的沙地开始波动了起来，如同池塘荡漾的涟漪。乌鸦拍着翅膀冲入了流沙之中，消失无踪。

将租的和服还给商家，梨梨得知柳枝和她走散后碰到了曾经出现在快铁上的日本和尚伯原智久。

梨梨很是遗憾，“要是能和伯原智久帅哥合影就好了。你知道吗？很多日本的和尚都可以娶妻生子。他们通常继承家业，身家惊人，还不用交税。”

柳枝知道伯原智久是进化人，而且很可能属于日本官方处理异类突发事件的人。所以她没有把伯原智久的微信号给梨梨。

柳枝递给梨梨一个深蓝色的御守，“这是伯原智久家的御守。希望你在日本平平安安。”伯原智久帅哥摸过的御守应该很对梨梨的胃口。

十三

出租屋整洁的地板上是从窗外晒进来的阳光，有时候幸福就是半室阳光，才煎好的牛排散发的肉香。

路易煎了两份牛排给自己和洛生，“柳枝妹妹一大早就和朋友约了去寺庙看樱花什么的。趁她不在，你好好给我说说她是如何大战吸血怪的。”

洛生依稀记得梦里反复出现的凋敝的古代村落，还有飞舞在天际长着蓝色鳞片的月亮。他觉得今日的自己和昨日似乎有些不同，头晕和头疼已经消失，盘旋于右手的古怪力量也安静得仿佛从未存在。

洛生将手冲黑咖啡递给路易，饥肠辘辘地切牛排，“柳枝小时候是我们小镇上的孩子王，打架从不会输。遇到发狂的西村雨郎，她也能抵挡一下。当时西村雨郎也没有攻击她，就是逃逸时擦了她一下。可能西村雨郎发现自己杀了人，当时也很恍惚。”

路易有些失望，他看了看四周，放低了声音，“据说西村雨郎已经被通缉，你说他会不会来这里找你和柳枝？”

洛生觉得路易的担忧很有可能发生。西村雨郎从高楼上跃下也没有摔死，逃逸后的他很可能回来找报警的宁婉婷，还有在现场的自己和柳枝。

洛生做了决定，“路易，要不你最近暂时不要住在这里。”

路易悲愤莫名，“你是不是打算和柳枝妹妹同居，所以嫌我碍眼？”

洛生很想问路易，你那幽怨嫉妒的眼神是什么意思？我和你只是普通的朋友关系。

与此同时，新生大厦的顶层，西村雨郎神色憔悴地坐在沙发上。

他看着从容不迫坐在他对面的松下博，眼底有阴郁的火焰在燃烧，“一个怪物活在我的身体里，让我失去理智杀了人，这就是你说的治愈癌症，重返青春的秘密？我付出了四分之一的财产，捐给了你的基金会。我不是还有十年时间吗？现在我已经被警方通缉了。你必须帮我解决这个问题。”

松下博饶有兴致地看着西村雨郎，手指敲了敲扶手，“你应该感谢你说的怪物，是它救了你的命。没有超过人体极限的毒品刺激，小可爱根本不会醒来。不过，没想到你还能保持自我意识。通常情况下，小可爱被毒品从休眠中唤醒后，你的脑子应该就已经坏掉了，变成失去理智的野兽。”

西村雨郎觉得头疼在加重，他看到松下博，心中有无法抑制的亲切感，这种古怪的亲切感让他害怕。他想，有时候命运的馈赠看起来无比美好，却可能是通往地狱的通行证。

松下博问西村雨郎，“你在夜店顶层为什么没有杀掉那三个目击者？”

西村雨郎扶着额头，“我……我记得不太清楚。当时……有个女孩阻止了我。我感到害怕，所以才匆匆逃走。”

松下博将手机里拍到的柳枝的照片给西村雨郎看，“是她吗？”

铃木初雅昨夜居然也在事发地，还让律师去警局救人。松下博这才知道铃木初雅交了异国新朋友。铃木初雅性格内敛，初恋男友死后越发沉默。这正是他和铃木茧期待的。新生集团藏着太多秘密，进入集团半年的铃木初雅在他和铃木茧的安排下接触了研究所的核心秘密。虽然铃木初雅不知道所谓的活性生物制剂是什么，但她心中一定有了不少的猜疑。

西村雨郎觉得照片上的少女依稀熟悉。他的脑海里掠过一些碎片般的画面，“是她！”

松下博不知道洛生的家人为什么放任他来日本求学，进化人作为珍稀物种通常被置于国家的监控和保护之下。仔细想想，如果不是即将醒来，洛生的气息和普通人毫无区别。柳枝也是如此。如果柳枝能让发狂的西村雨郎感到威胁，那她很可能是已经完全觉醒的进化人。如果能捕获柳枝这种珍贵的进化人，将给研究所带来更多的收益。

松下博原本打算舍弃西村雨郎，却因为他能保持自我意识改变了想法，“只要改变你的容貌，你就能继续安稳地享受在日本的生活。唯一的问题在于，你身体里的小可爱醒来后就很难再度休眠，你需要一些特殊制剂来让你的身体不会被小可爱弄得四分五裂。你还需要截然不同的食物。东京可不是能够任意猎食的地方。这里的非人类很多，属于不同的势力。”

西村雨郎发现了一个全新的世界，在他被称为通缉犯之后，隐藏在黑暗里的那部分东京向他发出了邀请。经济不算景气，连传统黑帮的小弟们也开始在便利店兼职赚取生活费，但隐藏在东京黑暗里的庞然大物似乎拥有更强大的力量。非常多的非人类。属于不同势力的非人类。它们从很久以前就从天外来到这个世界，蛰伏和隐藏起来，慢慢地建立自己的领地。

松下博的微笑优雅，不沾一丝烟火气，“我不会无偿提供抑制你身体崩溃的制剂。所以你的第一个任务是在我指定的地点袭击柳枝。不要伤害她的男友洛生。洛生是属于我的猎物。”

东京新宿在白天里人潮汹涌。柳枝陪着梨梨在药妆店“扫货”，各种面膜、足膜、止疼小药片、网红战痘药膏、香水小样。柳枝觉得梨梨用完它们需要好几年。

梨梨得知柳枝除了面霜没有用过什么其他的护肤品，气得哼哼，“你的皮肤是怎么保养的？”

柳枝仔细想想，“多运动？”

梨梨问柳枝，“你很穷吗？”

柳枝再仔细想想，“也有十万存款。我在雨镇和爷爷一起住，中医诊所离家里走路十分钟。平时花不了什么钱。”所以不用为房子和车子操心，也无须担心失去工作还不了车贷房贷。

梨梨问柳枝，“你看到这么繁华的东京难道不想离开雨镇吗？”

柳枝看着十字路口匆忙的人群，“我喜欢安静的地方，而且东京并不安全。”爷爷在她和洛生小时候就用秘制的药水给他们药浴，用了好几年的时间才让他们的气息和普通人一样。

梨梨愣了愣，“东京治安良好，很安全。特价机票出来的时候，我就会来这里逛逛。柳枝，你什么时候回国？”

柳枝拿起手机查了查自己回程机票的时间，“再过五天。”

梨梨探头看了看，惊喜地说，“我们是同一个班机回国。我就觉得我们有缘。”

柳枝看着梨梨，晶莹的皮肤在日光下温润如玉，“是的，我们有缘。”

就在这个时候，梨梨睁大了双眼指着十字路口。一个中年人倒在了斑马线上，他的眼球被人无声无息地取走了。

十四

黄昏将至。乌鸦在附近神社的上空盘旋，叫声沙哑，略带莫名的哀伤。天空清透，晚风微凉，让人回忆起北海道，那里斑马线红绿灯的提示声音就是乌鸦的叫声。

伯原智久出现在了新生大厦所在的街道。他穿着西服，身材修长，举止优雅，手里提着一个黑色的手提包，脚步悠闲，意大利制造的皮鞋一尘不染。

伯原智久走到新生大厦前，眯眼看了看笼罩在金色阳光里的大厦。它像是一个巨大的玻璃盒子，幕墙上映照着燃烧的晚霞。

老西村雨郎去世之前的几天曾经秘密来过新生大厦，他葬礼后尸体很快被火化，骨灰埋葬在私人墓园。他的私生子西村雨郎第一次出现在公众面前就是在他的葬礼上。

新生集团最近一年推出了针对黑金贵宾的特殊服务，治疗一些早期癌症，以及帮助贵妇获得更年轻的皮肤和身体状态。新生集团的生物研究所位于北海道，低调而神秘。据说，日本国会议员稻田一郎的夫人最近仿佛年轻了二十岁，就是因为接受了新生集团的特殊服务。

与此同时，洛生也站在了新生大厦前。这是他车祸后第一次来到新生大厦。这里给他的感觉怪怪的，就像雨水将落时的荒野。

洛生看到了西装革履的伯原智久，并没有任何好奇。出入新生大厦的人非富即贵，伯原智久看起来就像是大公司的总裁，年轻有为的金领。

洛生走到一楼长廊尽头拐角处的工作间，换上了清洁工的制服，推着清洁车，从走廊尽头的工作电梯直达十三楼。十三楼很安静，没有一个人。但按照日本人的加班狂程度，这里至少还是会剩下一两个工作狂。

洛生熟练地清洁长廊地面。手推扫地机发出嗡嗡声。就在这个时候，灯光突然明暗变化不定了起来。

在一明一暗之间，洛生看到长廊尽头，有护士推着病床神色惊慌地冲了过来。但是在灯光明亮的时候，长廊上空无一人；灯光变得暗淡时，却能看到有人推着病床狂奔而来。

洛生并不知道，自己的身体也在灯光的变化里时而清晰，时而模糊。

他惊讶地看到病床上有一个眉目精致的女人，全身都在抽搐，脸上的表情充满痛苦，睁大的双眼里瞳孔时而黑亮，时而雪白。似乎有两个灵魂在她的身体里争夺控制权。

墙壁和天花板上，无尽的黑色长发如同潮水一般攀爬蔓延开来，甚至遮住了灯光。

女人似乎看到了洛生，她伸出了扭曲紧绷的手，黑色的双眼仿佛深渊，“我是清水……真知……救救我！”

女人黑色的双眼在瞬间蒙上一层白膜。洛生看到细小的触角在女人的瞳孔外围蠕动，然后消失在眼球内部。

就在这一瞬间，戴着口罩的护士推着病床穿过了洛生的身体。一种无法形容的奇异感觉让洛生单膝跪在了原地。他觉得有什么物质留在了他的四肢百骸中，如同微弱闪耀的火光，灼热又冰冷。这让他对幻觉里的那个女人产生了奇异的连接感。

清水真知？

洛生摸出手机，开始搜索和“清水真知”这个名字相关的信息。幻觉里的女人出现在了失踪女性的名单里。三十年前，清水真知在回家的路上失踪，没有人再见过她。为什么他会在这段走廊里看到三十年前的清水真知？

大厦顶层。

伯原智久走出电梯，整层楼沐浴在暮光余晖里。新生集团的董事长秘书松下博站在窗边，轮廓被金色的余晖勾勒。

松下博对着伯原智久微微一笑，“伯原智久先生，您好。”伯原智久是议员夫人介绍来的，一直在新西兰生活，回国是为了治疗绝症。人类真是脆弱。

伯原智久凝视着松下博，“我在梅奥诊所看过我的病。他们认为在尝试免疫疗法后，我大约还能活三年。听说，这里的技术可以让我拥有十年的寿命。”

松下博发现伯原智久深黑的双眸让人不由自主地放松了许多。他的眼睛让松下博想起樱花盛开时节宁静的湖水。

松下博的视线移开，“这是新生研究所的新技术。由于还不成熟，只在小范围内对特别需要的贵宾展开。”

伯原智久平静地坚持，“议员夫人说，我可以获得帮助。”他没有从松下博的身上感觉到异类的气息。松下博身上有着拥有极大权势的人身上惯有的自信和气场。

松下博考虑了几秒，“伯原智久先生，这项技术的治疗费因人而异。通常我们需要您四分之一的财产，然后这笔钱会捐赠给我们董事长设立的慈善基金会。”

伯原智久扬眉，“四分之一的财产？比起生命来说，钱根本无足轻重。你们集团的董事长铃木茧女士似乎从未在公众面前出现过。”

松下博淡淡地回答，“我们董事长喜欢待在实验室，她热爱科学胜过热爱尘世。”

伯原智久看着黄昏的阳光落入城市楼群的背后，松下博的双眸在这瞬间似乎隐隐发光。以他对异类的辨别能力，如果松下博的皮囊下藏着一个异类，那么这个异类一定和这具皮囊融合超过五十年，这样才能完美隐藏气息。还有一种可能就是松下博也许是进化人，毕竟不是所有进化人的价值观都一样。他需要深入调查松下博。

敲门声响起。

松下博皱眉，“进来。”

铃木初雅推门而入，娴雅美丽，她的眼底略带一丝慌乱，“研究所发生一些事故，需要您亲自处理。”

伯原智久认出了铃木初雅。目前他得到的资料显示，铃木初雅是董事长铃木茧收养的孤儿，毕业于庆应大学，学业优异，无可挑剔。人们认为铃木初雅最终会继承整个新生集团。她很少面对媒体，生活和工作非常低调。

松下博对伯原智久抱歉地笑笑，“我们明天上午十点在这里给您做一个特别的检查，看您的基因是否适合使用我们的生物活性制剂。”

伯原智久一直觉得，聪明的异类会不动声色地隐藏在人群里，只在历史的转折点露出一丝痕迹。他翻阅日本的历史和神话故事，多多少少会看到异类的身影。《日本书纪》里的八岐大蛇每年要吃掉一个献祭给它的女孩。八岐大蛇被须佐之男杀死后，在它的尾部发现了天丛云剑。多头多尾的巨怪在不同的神话体系都有类似的存在，如中国神话里被黄帝轩辕斩掉一头的相柳，以及希腊神话里的海德拉。

伯原智久微笑着伸出手，“没问题，希望我们合作愉快。”

松下博礼貌地回握住伯原智久的手，他的神情和话语都恳切动人，“当然。”

一种难以形容的安逸平静让松下博有瞬间的怔忪。他仿佛想起了很久以前一个春日的黄昏。那时，他在偏远的山梨县温泉村，抬头就可以看到雪白的富士山。樱花如香雪一般簌簌落下。院子一角的温泉池里，他闭着双眼感受着截然不同的世界。那是松下博记忆里最深刻的一天。那一天，他主动放弃了进化人的身份，成了茧族的一员。他保留了人类的记忆，同时拥有茧族的能力和寿命。这一切都是长老的馈赠。

伯原智久彬彬有礼地和松下博道别后离开了大厦。他的眼中有着略微的疑惑。他的能力是安抚，专注使用时能看到人或异类精神世界里最重要的记忆碎片。很显然，松下博的记忆属于一个人类，但那富士山下古老的院落总让伯原智久觉得异样。

伯原智久在暮色里赶往朋友的私人图书馆。他需要查阅松下博记忆里那栋富士山下的老宅。

十五

晚上十一点。

月亮升起来了。动物在夜色里开始奔跑。

柳枝坐在窗边看着夜幕之上的月亮。许多年前，她也曾这样坐在窗前看月亮，胸腔如着火一般灼热疼痛，奄奄一息。

柳枝的手边放着一本她在街边书店买的中文书，讲述的是古代洛阳城的奇幻故事。故事里的洛阳城被巨人骸骨拉着奔跑，城里的所有人都不知道自己是已经死去的鬼魂。

在异国他乡，柳枝失去了在雨镇的安逸轻松。她能感觉到这座巨大的都市里隐藏着蠢蠢欲动的异类。目前，洛生待在日本并不是一个好的选择。西村雨郎隐藏在东京，把他变成异类的人也隐藏在东京。

柳枝拿出手机翻看着昨晚聚会的照片。她的视线落在铃木初雅的脸上。这个美丽优雅的日本女人让她有一丝古怪的感觉。铃木初雅身上有着一缕极淡的异香，这不属于化学调配的香水气味，更像进化人的气息。

柳枝看着照片里的铃木初雅。拍下照片的那一刻，铃木初雅正看着洛生，眼神意味深长。

就在这个时候，门铃声响起。

柳枝走到门边，从猫眼里看到一个穿着警察制服的陌生男人。柳枝拿着手机默不作声地后退，然后从窗户跃下。异类的气息，她隔着门板也能嗅到。她轻捷无声地落地，给洛生和路易发了一条消息，然后走向巷口。

与此同时，穿着警察制服的西村雨郎破坏了门锁走进屋子，他看到窗纱颤动，连忙冲到窗边，看到了顺着小巷奔跑的柳枝的身影。

西村雨郎从窗口跃出，跳跃能力惊人。路灯照不到的阴影里，他快速地奔跑着，不时踩踏着墙壁，如同杰出的跑酷选手。他有些迷恋这样的力量。

柳枝跑出了小巷，进入灯光明亮的便利店。夜晚的便利店只有一个顾客，应该是住在附近的“宅男”下楼补充食物。她看了看货架，随意选择了一些高能量的巧克力棒。虽然假扮警察的人戴着帽子，看不清他的脸，但柳枝记得他的气息。西村雨郎到底是怎么找到她和洛生居住的地方的？

柳枝通过微信联系了伯原智久，把自己的位置共享给了他：我遇到了西村雨郎，他闯入了我的家。我躲在巷口附近的便利店里。

日本的异类事务当然应该由日本的专业人士来解决。柳枝想。

伯原智久的消息回复得极快：你要小心，我马上就赶到。

柳枝的视线落在便利店外路边站着的西村雨郎身上。

西村雨郎沉默地站在路边注视着柳枝，像是夜晚荒原上紧跟旅人的孤狼。他看了一眼手机，是松下博发来的讯息：进入那家便利店制服柳枝。附近的监控摄像头已经被我们控制。

柳枝看到西村雨郎放下手机径直走向便利店。她有些讶异，没想到西村雨郎对自己的恶意如此高昂，甚至不惜在众目睽睽之下发难。

柳枝的耳朵动了动，看到坐在角落里喝着罐装啤酒的“宅男”拿出了麻醉枪。看来，西村雨郎有同伴呢。

柳枝的手指轻抚手腕上戴着的绞丝景泰蓝手镯。一缕银丝被她抹入手中，轻轻一弹，如游丝一般一闪，穿透了宅男握枪的手腕。

与此同时，结束打扫工作在回家途中的洛生，收到了柳枝的示警消息。柳枝说西村雨郎就在出租屋外，让他和路易都不要回家。

洛生怎么可能让柳枝一个人处于危险之中。他看了看自己即将到达的地铁站。如果继续乘坐地铁，他还有二十分钟才能赶到出租屋。如果冲出地铁站坐出租车，这个时候，他可以在十分钟内抵达出租屋。

洛生匆匆下了地铁，一路狂奔出了地铁站，拦了一辆出租车直奔出租屋。

洛生说了地址，“可以开得快一些吗？”

开车的司机是一个胡须刮得很干净的中年大叔，穿着整洁的制服，戴着白手套，沉稳可靠，毕竟东京出租车司机的收入挺不错，

“先生，我不能开得再快了。”

洛生内心焦急，心跳加速。那些不久前沉淀在他身体里，来自清水真知微弱闪耀的火光蠢蠢欲动。

他的脑海里闪过破碎的画面，似乎是巷口拐角处的那家便利店。柳枝从便利店里跑了出来，身后紧跟着一个穿着警察制服的人。路灯似乎受到了某种干扰，时明时灭。

洛生对司机说，“我未婚妻就要和人跑了。”

中年大叔愣了愣，“我知道一些小路，也许能尽快送您回家。”未婚妻就要和人跑了？怪不得眼前的年轻人如此焦急不安。

洛生觉得那些在身体里的火光似乎在呼应着什么。他看到了月光下富士山那雪白的山尖，看到了一座日本宅院。樱花如雪飘落，露天温泉池里一个背对着他的女人发出可怕的叫声。她雪白的背部正在出现裂痕。裂痕深处，无数触须蠕动着，让洛生感到头皮发麻。

他倒吸了一口凉气，发现自己仍坐在出租车里。但刚才的幻觉如此真实，让他觉得这一幕一定真实发生过。

就在这个时候，他的手机响了起来。是铃木初雅的电话。

洛生接听电话，听到了铃木初雅惊慌失措的声音，“洛生，我需要你的帮助，你能不能现在来我家一趟？”

洛生毫不犹豫地拒绝，“不好意思，我现在很忙。”柳枝身陷危险之中，即使铃木初雅这样的女神深夜求助，他也无动于衷。

铃木初雅站在自己豪华住宅的阳台上，愕然地看着手机。她觉得夜风有些冷，心中担忧。养母突发疾病，被送入私人疗养所。她的时间已经不多了。洛生和柳枝能从西村雨郎的手下生还，一定有着对付这种怪物的办法。可她没想到，洛生对于自己的请求居然毫不犹豫地拒绝了。

铃木初雅从柜子里拿出一本自己幼儿园的毕业纪念册。纪念册最后的照片里，她看到了甜蜜微笑的自己。下面的名字并不是铃木初雅，而是清水初雅。她被养母铃木茧收养以后就改了姓氏。

毕业纪念册里还夹着一些照片，是铃木初雅和亲生父母的合影。一场车祸改变了一切。父母去世的铃木初雅被送进了孤儿院，然后幸运地被新生集团董事长铃木茧选中，成了她唯一的养女。只是不久前，养母铃木茧照例在她的生日出现，母女俩共进晚餐的时候发生了可怕的意外。这意外在铃木初雅的梦里重现了许多次。

安静的楼顶露天餐厅被铃木茧包下，坐在椅子上就能俯瞰大半个东京。暮色里，发光的城市如同夜空里的群星一样璀璨。

铃木茧看起来很年轻，优雅迷人，就像是铃木初雅的姐姐一样，她满意地打量着自己的养女，“松下博说你在集团做得不错。就是没什么朋友。”

铃木初雅含蓄地笑笑，“工作太忙了。”

铃木茧略显神经质地偏了偏头，“我倒是很喜欢你这样的性格。免得……我又让松下博去杀死你的男友……”

铃木初雅无法相信自己的耳朵。她看着养母，嘴唇颤抖。

铃木茧抽动脖子的频率变得频繁，“我需要你保持身体的干净和健康……”

铃木茧的面容发生了微妙的变化，皮肤下有什么东西在缓缓游走，改变了她的容貌。此时的她看起来更像是另一个女人。

陌生的女人正注视着铃木初雅，“清水初雅，我是你亲生母亲的姐姐清水真知。铃木茧这个怪物夺走了我的身体。她收养你也是同样的目的。清水家的女人每一代总有一个人和其他人不一样。铃木茧一直在寻找着我们这样的人，她只能住在我们这样的人的身体里。”

陌生的女人扭动着脖子，但她的眼神柔和如月光，和以前的铃木茧截然不同，“我的身体已经不能再支撑多久了。我死之后，铃木茧会把你的身体当作新皮囊穿起来。你一定要想办法逃离这样的命运……”

“只是，她已经标记了你，你就算离开日本最终也会被她找到。她所谓的让人重返青春的秘物不过就是她生产的怪物幼体。在她更换皮囊前，就是她最虚弱的时候，你要把握住这唯一的机会。”

养母铃木茧似乎并没有发现自己的皮囊曾经脱离控制，并给予养女警告。她和养女铃木初雅聚餐后施施然地离开。虽然对于自己的新皮囊并不是特别满意，但她在全日本寻找了很久，还是觉得清水家的皮囊基本符合她的心意。

五百年前，清水家出了颇具名气的阴阳师，世事变迁，清水家已经衰败，技艺失传。清水家的血液里隐藏着家族的秘密。可惜的是，清水家已经在这一代断绝了。清水初雅就是清水家的最后一个人。

十六

山梨县。南都留郡。温泉村。

月光下的庭院静谧美好。松树和樱花在庭院里生长，水汽蒸腾，和月光交织在一起，像是把时光都封冻在了这座庭院里。

松下博注视着浸泡在温泉池里的长老。她的脸苍白如雪，无数裂口都掩藏在她的和服下。那些裂口里，细小的触角勉强拉住皮肤，让它不至于四分五裂。

“我发现了更适合您的皮囊，所以您还需要坚持几天。清水家皮囊使用的期限只有三十年，而且太过弱小。”松下博注视着茧族的长老。地球拥有数十亿人类，进化人却寥寥无几。整个文明体系的存在让人类肉体的进化变得极其缓慢，因为人类几乎不用面临极端恶劣的生存环境，从而为种族的延续激发潜能。

松下博觉得自己应该等待洛生完成他的进化，这样的寄主才值得长老移居其中。所有的幼体都需要依靠长老来孕育，一旦长老死亡，在这颗蓝色星球上的茧族很快就会灭绝。一千多年前从天外来到日本岛开始，茧族就小心翼翼地混迹于人群之中，苟延残喘。太阳系边缘那些充满辐射的碎冰阻隔了绝大多数探测器的扫描。几乎没人知道，远离星际航线的太阳系里还藏着一颗发展出一级文明的星球。或者，知道的人都隐瞒了这个秘密。

月光下，漂浮在温泉池里的铃木茧微微睁开了双眼，她的瞳孔雪白，“我只能再等三天。”

松下博看了一眼手机里才收到的消息，他缓缓退出庭院，上了自己的车。便利店捕获柳枝的计划失败了。柳枝并没有展现出她的超能力，却拥有惊人的反应力和速度。

松下博有些担心西村雨郎。西村雨郎第一次狩猎，很容易失控。他也想看一看，西村雨郎这种能保持人类意识的异类寄生体有怎样的潜力。

月夜隐藏了许多秘密。

逃离便利店的柳枝在月光下如猫科动物一般轻捷灵巧。她并不太惧怕西村雨郎。安逸的日子过得太久，她已经忘记危险带来的刺激感。西村雨郎背后的人对她的实力误判，布下的陷阱无法捕获她，但下一次就很难说了。她需要拖住西村雨郎，直到伯原智久出现。

西村雨郎焦躁地追逐着柳枝，浑然不觉自己的脸和四肢已经发生了微妙的变化。茧族的第二形态特征已经出现。他的脚在膨胀，撕裂了穿着的皮鞋。他不耐烦地踢掉了鞋子。双脚的脚趾继续缓慢拉长，长出锋利的指甲，能勾住地面和墙壁。他的脸上覆盖了细小的鳞片，瞳孔白亮，四周的景物呈现出截然不同的一面。他可以看到楼房里一个个散发着热能的人影。这让他越发饥饿。

一只在路边矮树丛里瑟瑟发抖的野猫吸引了西村雨郎的注意力。他用右手卷起野猫，毫不犹豫地咬向它的咽喉。

游丝从柳枝手中飞出，深深地刺入了西村雨郎的手腕。野猫从他手中滑落，飞蹿着向远处逃去。

柳枝在原地站定，高声说：“西村先生，我们没什么仇恨。我不过是阻止了你伤害我的朋友。”

西村雨郎拔掉手腕上的游丝。月光下的他就像是从死亡之地复活的僵尸。

柳枝的视线落在西村雨郎的身后。风从远方来。西装革履的伯原智久仿佛乘着风，无声无息地出现了。

莫名的倦意顺着西村雨郎的脚后跟攀爬而上。他焦躁的情绪放松了下来，脸上的鳞片也在消退。

柳枝看到伯原智久如一缕风一样贴在西村雨郎的身后，释放着无形的力量。爷爷说过，伯原智久这样的人，他们生来就能让异类陷入平静，甚至沉睡。

就在这个时候，西村雨郎上衣口袋里的手机振动了一下，是松下博给他发来了消息。

西村雨郎从某种迷梦里惊醒，他急速逃窜。没想到，深夜的十字路口有一辆出租车疾驰而过。西村雨郎就这么撞上了出租车的挡风玻璃，透过裂缝的玻璃，洛生看到西村雨郎破损的脸部皮肤下是密密麻麻蠕动着的肉色根须。

洛生觉得恶心，他捂住嘴，怕自己吐脏出租车还要支付洗车费用。出租车司机看到撞破自己车窗的警察的双眼是银白色的，就像噩梦的眼睛。

西村雨郎的手探入出租车，直直地插入了司机大叔的胸膛。司机大叔的心脏在西村雨郎的手上奋力地跳动了几下，那是生命最后几秒的回光返照。

洛生看到这可怕的一幕，脑海里一片空白。热流在他的心脏和大脑之间涌动，如同钟摆一样起伏。源自清水真知的那些沉淀在身体里的火光似乎产生了催化剂的作用，让洛生体内原本沉睡的力量变得活跃。

不知道什么时候，白光裹住了出租车。

车窗外是耀目的白光，出租车里所有的一切都在倒带。西村雨郎如同燕子一般退回到半空之中。破碎的前挡风玻璃在奇迹般的恢复完整，司机大叔胸口溢出的血在倒流。出租车在后退。司机大叔操纵着方向盘，他说话的声音仿佛低沉模糊的噪声。

白光逝去，洛生恍惚了几秒，他看着司机大叔平稳地开着车。不远处就是拐进出租屋附近一条小巷的十字路口。

深夜的天空是灰黑色的，群星闪耀无言。

“停车——”洛生的声音有些发紧。

司机大叔疑惑地靠边停车，“到了吗？”

洛生看着空荡荡的十字路口，仿佛看着潜藏在草丛里的毒蛇，“往后退，这里不安全。”

司机大叔被洛生语气里的紧张传染了。出租车匀速后退。

就在这个时候，十字路口，西村雨郎如大鸟一般掠过，他侧过头看了看出租车所在的方向，毫不犹豫地跑了过来。

洛生对有些犹豫的司机大叔说，“别停。那个人不是警察。最近几天，这附近有人假扮警察入室偷窃。你看，他的脚上没穿鞋。”

司机大叔一脚踩下油门，急速后退，在拐弯处都没有减速，完成了他年轻时候成为赛车手的愿望。出租车消失在众人的视野之中。就在之前的一瞬间，司机大叔的脑海里掠过模糊的画面，穿着警察制服的人将手插入他的胸膛。恐惧的感觉如魔咒一般冰冷。司机大叔摇了摇头，将幻觉抛在脑后。他突然很想念在家中等待的妻子。

西村雨郎原本想抢了不远处的出租车逃走，就在这个时候，慵懒安逸的感觉再度笼罩在了他的身上。

西村雨郎艰难地回头，看到了身后穿着高级西装的年轻男人。他看起来和那些在写字楼里出入的商业精英没什么区别。只是，他的眼睛就像是富士山山尖的皑皑白雪，干净冰冷。

西村雨郎瘫倒在路边，慢慢合上双眼，陷入了深睡。

伯原智久的手按在了西村雨郎的额头上。一分钟后，伯原智久松开了手，他站直身体，看着身边一直保持沉默的柳枝，笑得意味深长。

柳枝克制自己不要去看十字路口的不远处，“西村雨郎有同伙，就在附近的便利店里。日本真不安全。”久违的感觉在她的脑海深处涌动，像发生了一场小型的风暴。她再度感觉到了洛生的力量。这是许多人无法察觉的时间错乱感，柳枝对此却无比熟悉。洛生一定就在附近，甚至和在场的三个人发生了交集，然后他启动了那种力量。

柳枝打量着西装革履的伯原智久，“现在的你看起来确实有职业精英的气势。”居住在雨镇的她过着平常悠闲的日子，并没有遇到过什么进化人。尤其还是有官方背景的进化人。

伯原智久微微一笑，“每个人都是多面的。柳枝小姐你是什么时候发现我不仅仅是一个和尚的？你的气息掩藏得很好，就算现在面对面，我依然感受不到你是一个进化人。”

柳枝歪着头想了想，“可能是你在快铁上的演技和服饰过于浮夸。”

伯原智久笑笑，“我继承了父亲的遗产管理寺庙。逮捕危险的异类是我的第二份工作。我没有对你说谎。”

柳枝看着在伯原智久脚边陷入深眠的西村雨郎，“不知道为什么，西村雨郎盯上了我。也许他背后的人也在怀疑我的身份。没想到在日本的异类如此明目张胆。”

伯原智久的声音柔和而坚定，“抱歉。我会尽快找到西村雨郎背后的人。我会安排人保护你和你的朋友。我真心希望你能喜欢日本。西村雨郎死前曾经在新生集团进行治疗，他死后不久，私生子就出现了。你的朋友洛生和新生集团董事长的养女铃木初雅的关系不错，也许你该提醒他。”

柳枝点了点头，“那么，晚安。”她转身走向出租屋的方向，月亮下的身影轻松散漫，似乎并没有因为袭击事件变得紧张担忧。

伯原智久看了看柳枝的背影，视线落在西村雨郎的身上。他蹲下身摸索西村雨郎的口袋，拿出了他的手机。

十七

洛生目送司机大叔开着车安全地离开。月亮下的出租车如同发光的甲壳虫。

身体有着奇异的空虚和饥饿感，洛生的脑海里还有着几分钟之前的诡异记忆。时间倒退了一两分钟，除了他，没有人意识到这一点，连差点被杀死的司机大叔也失去了几分钟的记忆。

洛生握紧又松开右手，那些蠢蠢欲动无法完美控制的力量已经蛰伏在了身体深处。他感觉到了微妙的变化，就像柳枝说的那样，通过练习，他的控制力增强了。

洛生摸出手机给柳枝发微信，“你安全吗？”

柳枝的回复是“我知道你在附近，回家吧。没事了。”

洛生微微一笑。他有点明白司机大叔说他的妻子在家里等着他的那种感觉。洛生脚步轻快地走向出租屋，他经过巷子口的便利店时本来想买点东西，却看到便利店空无一人。

他闻到了淡淡的古怪气味。这种气味，他在撞碎挡风玻璃的西村雨郎身上也闻到过。

洛生当机立断快步穿过小巷，小跑着回到了出租屋。他发现出租屋的门已经没有了，备用的床单被挂在了门上充当门帘。洛生掀开门帘，看到柳枝正坐在沙发上啃苹果，头发披散下来，懒散可爱。

柳枝抬头看了看洛生，“这是你的工作服？还挺帅的。”

洛生不知道为什么有些局促，“很帅吗？路易也这么说。路易今晚不回来，他听说出租屋可能有危险就打算在朋友家住几天。”路易还说他不必辛辛苦苦读医科，应该“下海”赚钱。

洛生对柳枝说，“我明天会找人来修门。西村雨郎跑了吗？”他想起西村雨郎摔在出租车引擎盖上的那一幕，他眼角的余光似乎看到了柳枝和一个男人。

洛生的眼神锐利了起来。不知不觉，柳枝在日本这几天不仅认识了女性朋友，还有了会在深夜见面的男性朋友。

柳枝懒散地窝在沙发里，“西村雨郎被我的朋友带走了。不过，他走之前说，西村雨郎可能和新生集团有着微妙的关系。而铃木初雅小姐是新生集团董事长的养女。”

洛生怔怔地看着柳枝，“铃木初雅小姐居然是董事长的养女？真正的‘白富美’？”

柳枝点了点头。

洛生由衷地赞叹，“路易的眼光真是犀利，总能发现有钱的女人。不过，我觉得他这次的暗恋会是永远的单恋。”

柳枝笑了，“所以，你在新生集团兼职的时候，有没有觉得哪里古怪？”

洛生想起了自己在大楼里看到的幻觉中的女人，“我就是一个打扫卫生的兼职保洁员。不过，今晚我在走廊里打扫的时候产生了幻觉。幻觉里的女人说她叫清水真知。她看起来很不好，像是在对抗着某种极致的痛苦。她似乎将一些力量传递给了我。我查了查，幻觉里的女人是真实存在的，三十年前就失踪了。新生大厦的修建时间不会超过三十年。我不明白这一切是怎么回事。”

柳枝站起身来，伸手握住了洛生的右手。洛生猝不及防，小心脏怦怦乱跳。

柳枝的皮肤白皙，长长的眉和纤长的睫毛勾勒出精致的眉眼。洛生的呼吸都乱了。他的手被柳枝的手握着，觉得自己就像即将着火的老房子。

柳枝感受着洛生的力量波动，“你的力量平稳强大了许多。进化人和进化人之间的力量有时候会互相渗透。我感觉到了来自其他进化人的力量沉淀在你的身体里。这是清水真知的馈赠，也意味着你需要回馈她的帮助。”

洛生嗅到了柳枝发丝上的香气，他有些心不在焉，“你是说，我需要找到清水真知？”

柳枝放开洛生的手，“万物都有联系。你遇到她，也许是因为你能帮助她。”

洛生心中失落，“要不你再详细看看我是不是有什么后遗症啊、暗伤啊，没有被发现？”

柳枝看着洛生，“我看过了，没有。不过你的心跳得很快。”

洛生觉得胃里似乎有蝴蝶在扇动翅膀，“是吗？”

柳枝饶有兴致地打量洛生，“你该不是突然喜欢上了我？”

洛生的耳朵微微发红，神情倒是镇定自若，“喜欢上你，也没什么奇怪的吧？”

柳枝拍了拍洛生的脸颊，笑得意味深长，“我也这么觉得。只是，你是不是应该解释一下，为什么铃木初雅会在深夜给你打电话？”她的另一只手抓着洛生的手机，放在他的脑后，手臂轻松地压着他的肩，手指灵活地翻着他的手机通话记录。

洛生没想到柳枝手脚这么利落，他闻到了距离他极近的柳枝身上的香气，“她说有事情要我去她家帮忙，但我拒绝了她。”

柳枝把洛生的手机还给了他，“你问问铃木小姐，她有什么事深夜要你去她家。”洛生的手机密码一万年不变。

洛生后背冒了不少冷汗，看着笑眯眯的柳枝，总觉得她下一秒会狂暴变身揍自己一顿。

“三更半夜怎么好打扰不熟悉的女孩子。”洛生的求生欲很强。

柳枝似笑非笑，“那我就睡了，你在客厅沙发睡觉会不会害怕？”

洛生的心底有许多蔷薇气泡升起，“确实有些害怕。”所以，柳枝是打算把卧室让给自己睡，她去睡沙发吗？

柳枝鼓励洛生，“你要勇敢一点，晚安。”

卧室的门在洛生的眼前合拢，将他一个人抛弃在乱糟糟的客厅里，“洛生，明天记得修门，还要买新的餐桌。”

卧室里，柳枝捂着小心脏，无声地在床上打滚踢腿。她觉得戏弄洛生的感觉无比畅快。她躺在柔软的床单上，想起了许多年前的事情。那些记忆有的酸楚有的痛苦，却都无比鲜明深刻。

与此同时，在私人图书馆翻阅资料的伯原智久终于在一本相册里看到了自己一直想找的东西。松下博记忆里的老宅和黑白照片上的一模一样。这座山梨县温泉之地的老宅曾经属于皇族，早就在五十年前的一场大火里化为灰烬。所以，松下博确实不是普通人。

伯原智久将他调查到的信息汇报给上司，准备对新生集团的核心成员进行抓捕活动。虽然他恨不得所有的异类都去死，但调查局里的高层显然更想知道如何让人活得更长久。那些掌握权柄的大人物对衰老和死亡充满恐惧。

伯原智久讽刺地笑笑。他知道这就是日本乃至整个世界的丛林法则。所谓的文明只是华美外衣，资源和利益的集权化才是真相。有时候，他甚至觉得人类和异类的区别并不是那么大。本地物种和外来物种的争夺战不过刚刚开始。唯一值得庆幸的是，地球并没有大规模的异类入侵，就像是地球被某种神秘力量保护了起来，只有少量的偷渡者得以进入。

十八

凌晨四点。

香水的英文 perfume 源自拉丁文，意思是“穿透烟雾”。香水拥有虚幻的特质，从最开始的掩盖异味，到讲述一个幻想故事。

清水初雅面前的香水却不仅仅是这样的作用。她和研究所年轻的天才研究员北山秀智一直保持着暧昧的关系。不久前，北山秀智私下里合成了令人惊讶的作品。它会对集团的生物活性制剂产生破坏作用。生物活性制剂的来源应该就是养母这种怪物的分泌物发酵而成的。当然，北山秀智并没有将这个发明上报。他认为这毫无意义。

从知道自己是铃木茧新皮囊的那一刻开始，清水初雅心中的愤怒和恐惧让她近乎疯狂。她想到了北山秀智的新作品。她把北山秀智的作品叫作“烟雾”。“烟雾”对普通人毫无伤害，却能在瞬间杀死让人重返青春的“珍贵秘物”。这些珍贵秘物本来一直藏在研究所的保险库冷藏柜里。有一个来自美国的患癌富豪通过议员夫人的介绍找到了松下博，松下博便将一份秘物取出，放在了研究所高权限的生物活性箱里。

“烟雾”被清水初雅注入生物活性箱，带着淡淡的松脂气息。原本沉睡的秘物颤动了起来，它原本晶莹剔透的卵鞘上，黑色的褶皱越来越多。莫名的快意在清水初雅的心底涌动着。她看着生物活性箱里变成死物的怪物幼体，眼中的神情复杂，恐惧夹杂着兴奋。“烟雾”是否能杀死虚弱状态的铃木茧呢？

清水初雅将香水瓶放进包里，离开研究所，驱车前往富士山下的温泉村。温泉村离富士山不远，是铃木茧定期去疗养的地方。一年前，清水初雅无意间知悉温泉村深处一处古宅被松下博买下并改建。她知道松下博是铃木茧的亲信，那里很可能就是铃木茧的藏身之地。

与此同时，松下博出现在了出租屋附近的路段。他将车停靠在路边，万籁俱寂，他眼中的世界却截然不同。

此时此刻，松下博的瞳孔呈现出令人惊异的纺锤形。黑夜里的世界在他的眼里是闪闪发光的，就像是一个充满了绿色荧光的奇妙之地。西村雨郎失踪了，他很可能被柳枝捉住甚至杀死。

为了避免夜长梦多，松下博决定亲自下手将洛生带去温泉村。

此时此刻，万籁俱寂。黑夜里的东京一隅就像陷入了星际漂流的航船，在无尽的黑暗里发出轻微的梦呓。

在出租屋附近的一处制高点上，特别调查局的吉野弘树正监视着附近一切的可疑情况。夜风轻柔地抚摸着他的狙击枪。狙击枪配备的银色子弹弹头掺杂了特殊合金，对异类构成一定的杀伤力。

虽然不知道为什么需要保护两个来自中国的年轻人，吉野弘树依然一丝不苟地执行着任务。他在十年前被发现拥有狙击异类的特别天赋，因此被招入调查局培训，从一个进出口贸易公司的普通职员变成了特殊调查员。他的收入遽增三十倍，发量却日渐稀少。当吉野弘树全神贯注于目标物的时候，能够预判出目标物的逃逸轨迹，这是他的制胜之道。

半夜时分，柳枝缓缓睁开了双眼，她听到了洛生细微的脚步声正在远离。柳枝一直等待的敌方终于出现动静了。他们的目标物果然是洛生！

月光盛大。有人闭着双眼在黑夜里梦游。细微的声音包裹着洛生，像想象里的幽灵。不可触摸，却无处不在。

洛生穿过小巷，轻捷如猫，他似乎在拥有魔力的月色下变成了另外一种生物。柳枝不紧不慢地跟在他的身后，就像是跟踪丈夫幽会的怨妻。

沉睡的东京和白天的东京截然不同，属于黑夜的生物在月光下变得兴奋了起来。

松下博从小巷口的24小时便利店走了出来，就像是白日里工作苦闷，没钱去居酒屋痛饮，只能在便利店吃点食物填满内心空虚的中年上班族。

松下博走到洛生的身侧，视线仿佛穿透了他的皮囊，看到了他的灵魂。松下博抓住洛生的胳膊，带他走向自己停在街边停车位的车。那是一辆保养得宜的古董奔驰，在他还没有成为异类之前便购买了。

就在这个时候，模模糊糊的危机感给予松下博警告，他松开洛生的同时，胸口绽放出血花。松下博以肉眼难以分辨的速度躲闪，左肩再次绽放血花。他出现在了特别调查局吉野弘树所在的高楼天台，右手冷酷地扼向吉野弘树的咽喉。

吉野弘树的心中闪过死亡的预感。

一道身影出现在了松下博的身后。是柳枝！

松下博被踹向半空，承受了一连串的攻击。更多的血液从松下博的伤口中涌出，血液的颜色有别于正常人类，让柳枝微微皱眉。

吉野弘树提着狙击枪一溜烟儿离开了天台。身为狙击的王者，近战的“弱鸡”，毫不犹豫地远离危险是他的风格。

松下博察觉到子弹在自己的身体里释放着奇异的毒素，让他无法顺利修复身体的损伤。特别调查局的武器制造科是异类们深恶痛绝的存在。

柳枝的手指按在了松下博左肩的伤口处，她感觉到松下博的肌肉在高频率地震动，想要将伤口深处的子弹挤出。力量从柳枝的指尖涌出，将子弹推入松下博的胸腔。就在这个时候，柳枝感觉到了极其可怕的精神冲击！

这种精神冲击甚至化为实质，令天台上的杂物都东倒西歪。柳枝清楚地感觉到原本沉睡在松下博身体里的怪物醒了过来！

“都是你的错——”松下博的瞳孔转化为纺锤形。五十多年前，铃木茧在富士山下的温泉里使用秘术，将他从进化人转变为茧族。这种转化并非完美无缺，一旦作为转化基石的沉睡茧族醒来，他的身体也会面临支离破碎的困境。

柳枝的日语冷漠流利，“我对你们这些异类并没有兴趣，但你们打我的人的主意，这让我很不高兴。”

柳枝的景泰蓝手镯化为液态金属在她的手掌上蔓延，“我很久没有好好打架了。”

天台之上的剧烈打斗让在顶楼居住的宅男从梦中醒来，他看到吸顶灯落下，天花板产生裂缝，一时不知道自己在梦里还是梦外，只能抱着被子瑟瑟发抖。地震了吗？日本要毁灭了吗？

一辆车停在了梦游的洛生身旁，路易从车窗探出头来，“洛生，上车！”

洛生如梦初醒，拉开车门坐到了副驾驶座上，“怎么了？”他梦到了许多奇怪的事情。那些梦境的碎片仿佛蓝色的岩浆，冰冷又炽热。最重要的是，他梦到了死寂的村落，古装的自己醒来时身旁趴着一个死去的女人，他和她的手紧紧相握。他将女人翻过来，正要看向她的脸，却莫名醒来了。

“兄弟，发财的机会就在眼前。我当然会带上你。”路易对着心不在焉的洛生兴奋地说。

“发财的机会？”洛生记不起自己为什么会大半夜出现在小巷口。是路易把自己约出来的吗？

“走向人生巅峰有时候只需要一点点勇气。我们去山梨县的温泉村！”路易豪情万丈。

“温泉村？”

“我的女神就在去温泉村的路上。她需要我们的帮助，也愿意支付不菲的报酬。”路易把他的破车开出了超跑的气势。

“铃木小姐吗？她其实很奇怪，你不觉得吗？”洛生忍不住说。

路易摇头，“在我眼里，她是世界上最完美的女人。这样的女人居然很有钱，还愿意给我钱。我不介意她保留一点小古怪、小个性。对了，铃木小姐其实不姓铃木，她说她被收养前的姓氏是清水。你以后可以叫她清水小姐。”

洛生愣了愣。清水？仔细想想，失踪三十年的清水真知和路易的女神还真有五分相似！

洛生得到了清水真知的力量馈赠，他觉得如果能从路易的女神那里得到清水真知更多的消息，也许他能明白这一切的缘由。

洛生借了路易的手机联系柳枝，发现无人接听，他留言后侧过头问路易，“清水小姐让我们去温泉村干什么？”

路易笑了，“清水小姐说，她的养母得了怪病就要去世了。一些集团的元老想要她的养母修改遗嘱，谋夺新生集团的控制权。”即将获得庞大遗产的“白富美”需要自己的帮助，真是让他热泪盈眶。

“你觉得你和我这样的人能参与到财团遗产争夺战中去吗？是什么样的自信让你大半夜载着我去什么温泉村？”洛生冷静地问。

“我们只需要去清水小姐养母的老宅偷拍一些视频和照片。清水小姐说她相信我们不会背叛她，她会在前往老宅的湖边栈道等我们。我和你在学校好歹也是校报记者，相机都准备好了，五百万日元，干不干？”

“拍照这种事情当然没问题。对半分！”洛生的回答铿锵有力。

“我接的单，我六你四。”路易寸步不让。

“我现在可不是一般人，价格不能低。”洛生已经不是昔日耻于谈钱的洛生了，他进化了。

十九

天台上铺满了月光。柳枝仿佛嗅到了桂花的香气。她以微弱的优势击败了松下博，将插满银针的他拎在手中，从高楼跃下。

“你们中国的进化人还真是厉害，怪不得异类都不愿意去中国生活。”松下博的声音微弱。

“对于遵纪守法的异类，我国有关部门也不会为难。我好奇的是，你原本是进化人，为什么会选择转化为异类？”柳枝问。

松下博的眼底仿佛有冷火在燃烧，“我讨厌人类，我希望永远年轻地活下去，我想要变得更强大。为什么你的战斗意识比我还要强？我活了七八十年，一直在磨砺我的战斗意识。”

柳枝微微一笑，“也许是你活得不够长。”漫长的循环人生，夺走了她最重要的一部分，也给予了她一些并不想要的赠品。战斗意识便是赠品之一。

月光下，街头一行人缓缓而来。

柳枝将松下博抛到了为首的伯原智久的脚边，“晚上好。”

伯原智久低下头看着松下博，“松下先生，又见面了。”

松下博苦笑，“身患癌症的澳洲富豪？原来你是特别调查局的人。”新生集团已经被盯上了。连议员也无法庇佑铃木茧小姐了吗？

伯原智久发现柳枝刺入松下博关节处的银针似乎能限制他体内的寄生异类，向柳枝解释，“松下博是新生集团董事长秘书，多年前就跟随铃木茧。西村雨郎患癌后得到了新生集团的特别治疗，得以暂时重返青春。我们的人正在寻找铃木茧。”

柳枝问，“你们有加班费吗？”

伯原智久凝视着柳枝，“当然有。你有兴趣加入我们吗？福利非常好，工作也不忙。加班奖金丰厚。”虽然吉野弘树击伤松下博在前，但柳枝的战斗力在调查局也能排到前五位。

柳枝有些犯困，“太晚了，我回家睡觉了。松下博就是我送给你的临别礼物，我过几天就回中国。如果可以的话，请务必把那栋楼的天台维修好，我感觉那里会漏雨。”

伯原智久点了点头，惋惜地叹气，“真遗憾没能带你去京都游玩。日本很美，冬天的时候去北海道滑雪也不错。”

柳枝转身，随意挥了挥右手，“再见。”

和松下博的战斗消耗了柳枝不少力量，她在小巷口的便利店里买了关东煮，一边吃一边回到家。

只是，她原本以为清醒后会自己回家的洛生并不在家里。屋子里没有打斗的痕迹。洛生去哪里了？

柳枝找出手机，有些尴尬地联系伯原智久，“……你知道洛生大半夜的去哪里了吗？”

伯原智久拿着手机，心情复杂，他转过头问吉野弘树，“你保护的目标去哪里了？”

吉野弘树回答，“他跟着室友路易离开了。我发射了一枚定位器在他们的车尾，按照定位显示，他们正前往山梨县。”

伯原智久低声告诉了柳枝。

柳枝顿了顿，问，“你会开车吗？”

柳枝检查了一下装备便离开了出租屋，径直下楼坐上了伯原智久的豪华轿车。这让便利店的新店员大开眼界。漂亮的女孩既然可以深夜和有钱人约会，为什么几分钟之前还来买关东煮呢！

柳枝看到手机上有一个未接电话，她拨了过去，电话接通后听到了路易的声音。

“柳枝妹妹——”

“路易，让洛生接电话。”柳枝的声音冰冷。

路易轻佻的声线让人想揍他，“柳枝妹妹，不好意思，深夜借用你的洛生。我们有一些男人的事情要去做。”

洛生慌张地抢了路易的手机，磕磕巴巴地解释，“我和路易去温泉村，我们接了一个偷拍的大生意。”

柳枝淡淡地问，“拍什么？”她拿轿车里的笔写下了“温泉村”给伯原智久看。

洛生回答，“就拍一个老宅子里的东西。没什么危险。”

柳枝笑了，“洛生，你的脑子是被松下博催眠出了故障吗？”

洛生诧异地问，“松下博是谁？”

柳枝咬了咬牙，“就是今夜把睡着的你引出屋子的人。你上路易的车之前没想过自己为什么站在那里吗？”松下博被捕之后没有再说话。但柳枝觉得松下博想悄无声息地带走洛生一定是发现了洛生的秘密。一个尚未完全觉醒的进化人对松下博来说有什么特殊的价值？

洛生恍然大悟，“我还以为是我睡沙发睡得不习惯，所以记忆力衰退了。”

柳枝微微一笑，让身边的伯原智久觉得夜风有些凉，“你去拍什么老宅？”

洛生觉得自己仿佛裸身站在冰天雪地里，寒意彻骨，“我和路易去拍清水初雅小姐养母的一处老宅。就是铃木初雅，其实她姓清水。路易说清水初雅小姐的养母快死了，新生集团的元老们企图夺权。当然，我们只是拍一拍老宅的情况。”

柳枝似乎看到两只傻鸡给自己脱毛抹作料，然后爬进了烤箱，“新生集团背后藏着一窝异类……”

就在这个时候，通话断掉了。

夜色中飞驰的破车里。

洛生拍了拍路易的手机，“你的手机怎么出问题了？我都没听清楚柳枝的最后一句话。”

路易腼腆一笑，“自从我假装手机掉地上来认识美女，它就时不时地出故障。”

洛生有些后怕，“柳枝越来越可怕了。我觉得她会从手机里钻出来揍我。路易，我觉得清水小姐不可能花这么多钱只让我们拍拍视频。”

路易沉默了几秒，“这不是显而易见的事实吗？富贵险中求。”

洛生迟疑，“要不你别下车，我去拍。钱还是按之前说的来分。”路易是普通人，自己好歹是一个进化人。

路易回答，“我要去保护清水小姐。”

洛生并不感动，“你是不相信我拿到钱会分给你？”

路易摇了摇头，“我是觉得清水小姐可能有危险。如果在这样的时刻，我出现在她的身边，她会对我刮目相看。”

洛生自闭了。

群星闪耀。夜色里的一切如梦境一般不真实。海风吹拂着，似乎想要带走人们心底的秘密。

伯原智久安抚柳枝，“我的人会拦阻他们进入温泉村。今夜，温泉村是临时战区。”

柳枝神色凝重，“我不想他们涉入危险事件。显而易见，你们的人应该也在赶往温泉村。新生集团的事情总是需要解决的。”

“我们调查局的人正在前往温泉村附近。我白天从松下博的记忆里看到了一些画面。画面里的老宅就在山梨县南都留郡的温泉村。”伯原智久叹息，“上面想要活着的铃木茧。暂时重返青春也是一些有权势的老人梦寐以求的。”

柳枝微微垂下眼帘，眼底仿佛有雾气氤氲，“长生未必是美梦。”

伯原智久看了看手机信息。是吉野弘树的消息。他告诉上司，这一次松下博的目标是洛生，而非柳枝。更重要的是，松下博似乎想带着洛生离开，而不是伤害他。

伯原智久想：为什么松下博让异化的西村雨郎攻击柳枝，却对普通人洛生另眼相看？洛生到底藏着什么秘密？

二十

与此同时，特别调查局的车抵达南都留郡的山中湖村附近。此处再往富士山靠近就是温泉村。车停在唯一的主道路边，准备在路易和洛生到来之前打横拦截。

同车的四个人，两人留在车上，两人前往不远处的便利店买烟。

“这里比东京冷得多。”调查员山本凌抱怨。这样的天气适合在居酒屋喝杯小酒。

江口优真紧了紧风衣的领口，“我讨厌加班。”身为特别调查局的外围人员，他们的战斗力并不强，大多做监视、清场、联络等事务。

便利店蓝白红相间的条纹招牌在夜色里分外显眼，江口优真走了进去。便利店里只有困倦闲散的中年女店员。这山边村落里的年轻人大多去东京工作，少数年轻人在旅游旺季留下经营家庭旅馆。

江口优真告诉山本凌，“我前年还来这里泡过温泉，喂过天鹅。”

山本凌不知道被触动了什么神经，笑了起来，“这是老年人才会做的事情吧？”

江口优真一边付钱给中年女店员，一边侧过头对山本凌说，“中年人离老年人也就一步之遥。”他的指尖不小心触碰到了中年女店员的指尖。一些错乱的画面电光火石般传递到了中年女店员的心中。原本神情麻木的中年女店员的瞳孔变成了纺锤形。

这间便利店是松下博养女抚子工作的地方。松下博在多年前收养了进化人抚子，让她就这么在山中湖村住了下来。抚子一直没有嫁人，性格孤僻。没人知道她有一定概率可以通过触摸感受到他人近期的一些信息，更没人知道她已经覆灭的家族曾经是日本怪异故事里的一个角色。

这一次，抚子感受到的是一段从手机里传来的、断断续续的声音：已经抓住了松下博……温泉村……

抚子握住了江口优真的手。江口优真觉得手腕仿佛被钢索勒紧。他的视线落在了平凡无奇的店员脸上。

女店员那原本有些松弛的脸部嘴角两侧出现了深深的裂痕，裂痕张开，里面是细密的多层刺牙。女店员的裂口传出奇异的吸力，瞬间，干净利落地将江口优真整个人吞噬掉了。

黑夜隐藏一切也淹没一切，就像是无边无际的洪水，拥有摧枯拉朽的魔力。便利店在夜色里安静如初。灯光下的暗影无人看见。

抚子拿着猎物已经付钱的烟不紧不慢地走向便利店外不远处的轿车。她的内心仿佛有阴郁的火焰在燃烧。几分钟后，轿车里等待同伴的两位调查员也消失不见了。

抚子清除了便利店今晚的监控，关闭了便利店。吞噬了四个调查员后，她获取了更多的信息。松下博完了。茧族那帮异类也被调查局发现了。围剿已经开始。很多年以前，她就劝过松下博不要信任异类。目前，她只能让温泉村的异类们牵制调查局的注意力，然后只身一人逃到东京，融入人海。

特别调查局的人不超过半小时就会发现自己的调查员们失踪在了山中湖村。抚子安静地提着装满现金的行李袋，离开了便利店，驱车前往东京。

几分钟后，抚子的车和路易开着的车交错而过。洛生抬头看了抚子的车一眼。他闻到了奇异的气味，就像他兼职杀鱼时那无处不在的海水和血的腥味。

长夜将去，天际有模糊的亮光。洛生看着已经暗淡的群星，不知道为什么，再度想起了梦里那一弯有着蓝色鳞片的月亮。

铃木茧梦到了死亡。暗淡的星光如白色的死神包裹住了她。她的皮囊四分五裂，本体在白光中化为灰烬。

惊醒的铃木茧从温泉池里浮了出来。她的全身都在痛。松下博说他找到了比铃木初雅更耐用的皮囊，她苦苦等待，每一分钟都是煎熬。穿着皮囊的日子过去了数百年，她渐渐被皮囊影响，越来越像人类。

铃木茧穿上和服，遮住背部巨大的裂痕，披散着湿润的长发，去了庭院。富士山在远处矗立着。偶尔，铃木茧会去富士山的树海里散步，那里潮湿阴郁，有着浓郁的死亡气息。

数百年来，铃木茧一直维持着茧族，在不少新鲜血液的加入下，小心翼翼地发展着家族的势力。从古至今，日本隐藏着大量异类，东京每年失踪的人里有不少是被不懂规矩的异类猎食了。新生集团不过是利用种族的特性赚取一点资金，和那些真正位于社会顶层的异类相差甚远。日本一些古老的家族早就混入了异类的血，优雅而凶蛮地扩张着自己的势力，世代积累。

所有发向太阳系之外的讯号都被神秘力量拦截。这颗星球所在的地方远离星际航线，太阳系边缘的碎冰地带颇具迷惑性，让人误以为这里没有宜居之星。当初仓皇逃脱的茧族为了躲避仇人穿过了偶然形成的虫洞，才来到了这颗蓝色的星球。渐渐的，铃木茧察觉到，这颗星球的地址并非是绝对的秘密，她发现了不少异类的存在。某个至少是四级的高级文明将地球的位置隐藏，并收入囊中。但越高级的文明所辖的领地就越宽广，地球只是它拥有的千亿计的星星里不怎么起眼的一颗。

铃木茧还记得自己第一次看到地球的感受。黑暗的宇宙里，地球不过是一粒发光的尘埃，但就是这颗尘埃上藏着茧族繁衍的希望。她是茧族最后的母亲，也是茧族继续存在的唯一原因。

离温泉村最近的山中湖村在将至的晨曦里沉睡，月光下的富士山近在咫尺。山中湖村尽头的公路旁是长满青苔的台阶，延绵往上是一家小小的神社。

路易的车静静地穿过山中湖村。这里有不少日式家庭旅馆，在旺季为游客提供住宿。天气晴朗时，湖泊里是成群的天鹅，在碧波上悠游，远处的富士山静谧安详。

车离开山中湖村，晨曦的光落在了树梢和溪水里。这里有雾气缭绕，来自一些天然温泉。泉水蕴含某些活性矿物质。

晨曦静谧美好，但路易总觉得树林深处抑或是温泉湖里有什么东西正盯着他。

小码头那里早就有一辆车在等候了。车窗下滑，露出清水初雅的脸。她对着已经下车的路易和洛生微微一笑。

熟悉的感觉让洛生越发觉得清水小姐和新生大厦里的幻影有些相似。他感受到了微妙的奇异波动。这种波动似乎来自清水小姐，和那些散落在自己身体深处的光点同一性质。他并没有询问，而是默默地跟在路易身后。

仿佛被一缕春风包裹的路易花枝招展地走到了清水初雅的面前，殷切地问，“清水小姐，你冷吗？”

他准备优雅地脱下外套给清水初雅披上，清水初雅回答，“我不冷。”

洛生默默低下头看着自己拿着的相机，只觉万籁俱寂，心无挂碍，立地成佛。

一行人走到栈道的尽头，清水初雅解开栈道一侧一条木船的缆绳。空气带着极淡的硫黄味，湖水微微荡漾着，呈现出水晶般深深浅浅的绿，让人想起一些遥远过去发生的事情。

水草深处有什么东西在潜泳着，然后透过船底的阴影，注视着月夜来客。

清水初雅的呼吸有些急促，心跳也变快了。她即将去见她的养母，那个占据她失踪亲人躯壳的怪物。仇恨与绝望让她的心仿佛是被浸泡在毒汁里。

轻微的马达声传来。木船在漂浮着薄雾的湖面航行。

即将逝去的月亮注视着这富士山旁的湖水，雾气飘荡开，木船的船尾是黑色的扭曲阴影。铃木茧放在温泉湖里的哨兵跟随在木船后，如同巨大的章鱼，在水下不动声色地接近。

洛生觉得有些冷，便问坐在船尾的路易借外套，“你外套借我披一下。”

路易果断地拒绝，“我冷。”

洛生有些鄙视路易。他的视线落在了路易身后。两条巨大的类似章鱼的触手正从船舷攀爬而上，就像海妖的手指，带着死亡的冰冷气息。原来路易是真的冷——

一条触手虚圈住了路易的脖子，因为隔着厚外套的立领，路易并没有察觉。

“我觉得我好像病了，心跳得好快。”路易对洛生说。

洛生知道，也许下一秒路易就会被水中怪物拉入湖底吃掉。洛生从未想过在其他人面前暴露他的能力，但他不能看着路易葬身湖底。

四周的一切都静止了。洛生只能听到自己越来越快的心跳声，它们就像密集的鼓点，在最高处突然变得极其缓慢。

二十一

木船外的涟漪静止了。木船上的同伴们凝固了。诡异的力量包裹住了这一方小天地，也包裹住了怪物那庞大的身躯。

洛生的指尖触摸到了怪物那灰色的黏腻触手，他感觉到了其中蓬勃而古怪的生命力。触手在洛生的力量下渐渐枯萎老化。令洛生震惊的是，澎湃的力量从怪物的触手进入了自己的身体。就好像是他夺走了怪物的力量。

陌生、冰冷又炽热的力量在洛生的身体里横冲直撞，让他极不好受。他跪倒在地上，依然没有放开怪物的触手。

触手渐渐化为灰白色的碎屑，就这么落在了四周。洛生头疼欲裂。古怪的画面如纷纷扬扬的蝴蝶从海的深渊里浮现。长着蓝色鳞片的月亮，荒废死寂的村庄。另一个他惊慌失措地喊着谁的名字，他的手依然握着另一个趴在地上的女人的手。

时间的洪流带走一切，无人能够幸免。

白光包围了木船，时间在缓慢地倒退。除了已经被洛生摧毁的怪物。一切宛如倒带。

木船驶往老宅所在的小码头。清水初雅背对着路易和洛生，对危险一无所知。

洛生说，“你外套借我披一下。”

路易极其嚣张地捂着外套领口，“我冷。”

洛生的背上全是冷汗，他头疼欲裂，四肢酸软。他努力坐直，觉得原本微寒的风如今锋利如刀子。他不确定再来一只怪物自己是否有能力杀死它。

清水初雅回过头，打量洛生，“你怎么了？”被窥伺的感觉消失了，清水初雅在这种感觉消失时才醒悟，铃木茧也许在温泉湖布置了什么。一个成熟体的异类？

与此同时，木船抵达了老宅一侧的栈道。清水初雅带着路易和洛生上了岸，将木船拴在栈道的柱子上。她不知道老宅深处的铃木茧是否能察觉不速之客的到来。这几十年来，她从未见过铃木茧战斗。

晨曦里的老宅静谧如诗歌，也像噩梦里伪装的安全之地。清水初雅按了按手包里装着的“烟雾”瓶子。她不想变成养母的新皮囊，也不想把家族的仇人当作亲人。“烟雾”也许能让她釜底抽薪，完成复仇。

清水初雅不露痕迹地看了洛生一眼。她从自己的消息来源那里得知松下博对洛生很感兴趣。六本木那一次，西村雨郎居然没有杀死洛生一行，她就开始怀疑柳枝或洛生是进化人。她试探着联系过洛生，不过洛生似乎对她并没有什么想法。

清水初雅牢记着清水真知的嘱咐。铃木茧替换皮囊之前，会是她最虚弱的时候。那么，就是这几日。

洛生站在微亮晨曦的老宅外，有落花被微风带着落在他的头发上。他恍惚了一瞬，突然发现身边的人都消失了！

然后他听到身侧有人叫着他的名字，“洛生，我们是不是会死？”

这声音无比熟悉又无比陌生。是柳枝！

洛生没有动，他视线所及之处就是无数次出现在梦境里的荒村！

晨曦的天空清澈高远，富士山似乎近在咫尺。雪白的山尖让柳枝想起了厨房里那个杯底是玻璃富士山的啤酒杯。

柳枝和伯原智久抵达山中湖村时，已经得知拦截洛生一行的调查员失踪一事。山中湖村的居民有不少都早起跑步或劳作，静谧祥和的村庄里，到底是什么人让四名调查员失踪得无声无息？

伯原智久轻抚路边的轿车驾驶位靠背，“我只感觉到惊恐和绝望。”没有直接接触，他只能收集到残余的情绪碎片。

柳枝的视线落在湖的另一侧，“我必须立刻出发去温泉村，把洛生和路易带回来。”洛生和路易很可能已经进入温泉村了。

伯原智久看着同事们布置好了警戒线，暂时中断一切通信讯号，“我和你一起乘船去。”

他注意到四周远远聚集而来的居民们，微微皱了皱眉。一队小学生站在街口的斑马线一侧看着调查局的人们，他们的神情天真可爱，大而黑的瞳孔里只有懵懂的好奇。带队的年轻女老师摇了摇手中的小旗。

伯原智久隐秘地向总部发出了紧急增援申请。沉默的松下博没有给予足够的关于铃木茧的信息，特别调查局也许做出了错误的判断。

“柳枝小姐，你先去温泉村。我留在山中湖村处理一些事情。”伯原智久的微笑温和，戴上了手提行李箱里极其昂贵的智能眼镜，“你要小心，温泉村是铃木茧的大本营，很可能村子里藏着许多异类。”

柳枝神色平静，“打不过，我就逃。”

调查局新开发的智能眼镜拥有精度极高的热成像和异常能量测试功能，就是造价高昂，还在研发测试中，并没有普及配给。山中湖村看起来和平日截然不同。在无数显示为正常人类的黄白色身影里，夹杂着许多显示为警示的红白色身影。每个可疑人物的心脏温度都比正常人的心脏温度高一些，包括带领孩子们过斑马线的女老师。他们都是被茧族幼崽以奇异方式寄生的人类。谁能想到，度假之地山中湖村的居民居然接近半数已经被异类渗透？

伯原智久只觉得冷汗布满了自己的背部。他目送柳枝坐着木船远去，然后吩咐随行的调查人员改变工作计划。他掏出诸多工作证件里的一个，扮演调查失踪者的普通刑警拖延时间。但他知道自己拖延不了多久。

当地警察的身影出现在了不远处。伯原智久露出微冷的笑意。两名警察中的一个也有些异常，他的心脏温度正在上升，就像是异类的幼崽正从沉眠中醒来。由此看来，眼镜的设计有着致命缺陷，一旦寄生异类处于休眠期就无法被侦查发现。那么，是什么刺激了山中湖村的寄生者们苏醒？

就在这个时候，伯原智久的手机传来轻微的振动。他看了看来自特别调查局高层的指令：停止行动，返回总部。

荒谬的指令让伯原智久无法相信自己的双眼。他径直走向当地警察，出示证件，礼貌地和寄生者握手，“有四名游客在这里失踪，我们是来询问情况的。”

无法形容的安抚之力让寄生者心脏渐渐苏醒的异类幼崽再次安静了下来。伯原智久的眼神冷冽如雪，“为什么大家都聚集了起来？”破碎的画面出现在伯原智久的脑海。那是一种梦魇般的感觉。即将崩溃的人的伤口，异物在四肢里穿梭，黏腻冰冷。是母体在召唤！

母体在召唤着她的子民们！

伯原智久望向了湖的另一侧。那是柳枝前往的地方。寒冷战栗的感觉从伯原智久的心底涌出，占据了他的身体。他转身跑向栈道！

与此同时，柳枝乘船渡过茫茫水面，前往老宅。她感觉到了异类的力量。这力量犹如无数根细密的蛛丝裹住了整座老宅，形成近乎透明的外壳，拒绝着外人的窥探和进入。

柳枝高高跃起，一拳砸向了老宅那近乎透明的外壳！她从来都只信奉自己的力量。原本透明的外壳从柳枝拳头的落点处产生细密的裂纹。不断延伸的裂纹在数秒后顿住，紧接着消失了。

柳枝冷笑了一声。她背后远处的富士山依然沉静。柳枝缓缓闭上双眼，感知洛生在何处。她的双手仿佛分开了无形的幕布，只身走进了老宅。

晨曦里的老宅静谧美丽，带着时光沉淀的韵致。柳枝的眼中，老宅却如同鬼宅，叠加着重重幻象。

庭院在此时变成了日式的街边公园。天空也变得如同暮色里的天空，氤氲着黑暗将至的魔力。新生集团的大小姐坐在街边公园的长椅上，缩着肩膀，瑟瑟发抖，就像被关在野兽的巢穴，孤立无援的小猎物。

清水初雅低着头看着自己的膝盖，耳边是养母隐约的笑声。她还记得自己第一次看到养母时的情景。身为清水家族的最后一人，幼小的她通过合法的手续被铃木茧收养。铃木茧从高级轿车上优雅地走下来，对着自己微笑。清水初雅却觉得，养母就像童话书里的披皮怪，眼底没有一丝情绪，平静如死水。

清水初雅听到了细碎的爬行声。原本平整的水泥地面下似乎有什么东西在穿行。她无法抑制地咳嗽了起来。

黑色的烟雾缠绕着清水初雅，似乎要将她拉入地下。

柳枝径直走了过去，黑雾在触碰她时溃散。柳枝握住了清水初雅的手腕，“别怕，跟着我离开这里。”

细碎的爬行声消失了，暮色褪去。清水初雅抬头望着柳枝，只觉得柳枝的手将自己从深渊里拉了出来。

“洛生和路易在这座宅子里。你快去救他们！”清水初雅没想到，虚弱的铃木茧居然能够让进入老宅的人迷失在幻觉里。她无比清晰地感觉到，如果她在幻觉里被杀死，在现实中也会死去。

清水初雅从包里将装着“烟雾”的瓶子递给了柳枝，“这是能杀死她的生物制剂。”她的勇气已经消退，而柳枝小姐是值得信任的人。

柳枝让清水初雅收好，“你亲自报仇不是更好？你也不是全然无用的大小姐嘛。记住，以后不要深夜给洛生打电话，我不喜欢。”

清水初雅愣了愣，耳尖微微发红，“那……我可以给你打电话吗？”

二十二

路易心力交瘁。他几乎经历了二十年的坎坷感情故事。女神抛弃了他，他也遇到过几十位知心的姐姐或阿姨。每当他说出“姐姐，我不想努力了”不久，他就会失恋买醉。他渐渐变成了大叔。色衰而爱弛，这是四海皆准的道理。

开着破车在黑暗的路上飞驰，路易觉得自己会融化在夜色里。然后，他那辆冒着黑雾的车就被柳枝妹妹逼停了。看着柳枝妹妹冷酷的双眼，路易突然醒悟了。

他趴在方向盘上哭了起来，只觉得人生多艰，爱情多么虚无，心太累。

此时此刻。老宅露天温泉的池畔，洛生坐在山石上，沉溺在某段早已远去甚至被遗忘的时光里。铃木茧坐在他的身侧，漆黑的长发散落，和服上有着从樱花树上飘落而下的花瓣。

铃木茧缓缓伸出手抚摸洛生的面颊。她很满意这具新皮囊。她能感受到皮囊蕴藏着的生命力。数百年来，皮囊赋予她的感官让她逐渐变得更像人，像人一样思考，像人一样拥有好恶。

紧接着，铃木茧的旧皮囊上开始出现更多的裂痕。裂痕已经无法用和服掩盖，绯色在和服上浮现，如同绝望的眼泪。

与此同时，柳枝出现在了温泉池的另一侧，她皱了皱眉，面前的地面突然爆裂，无数灰白色的触手袭来。这巨大的动静依然不能惊醒陷入旧梦的洛生——

路易躲在柳枝妹妹的身后，觉得穿着和服的女妖可能是九尾狐系或者章鱼系。虽然可怕，却也挺带感。他最喜欢这类制服女妖，原本因为失恋太多次被痛击的心灵也得到了有效的抚慰。世界这么大，多看看，总能遇到特别的美人。

路易侧过头看了看女神。他的女神清水初雅小姐如今眼中只有柳枝妹妹，他已经沦为尘埃。

清水初雅把“烟雾”的瓶子掏出来，拔掉瓶塞，果断地丢入了温泉池中。她的脸上神色平静，当憎恨和惧怕到了极深的时刻，她已经无法表达出来了。清水家的人也许不止一人成为铃木茧的皮囊，意识被痛苦煎熬着度过漫长岁月。

不过短短几个呼吸的瞬间，铃木茧的攻击突然顿住了。她发出了可怕的嘶鸣，那声音让路易倒在地上，双耳和眼角都在流血。清水初雅勉强单膝跪地，笑得极为灿烂冰冷。她看到铃木茧的本体整个脱出，一半在温泉池里抽搐，一半脱出皮囊在山石上滑动。灰白的表皮呈现出大量的黑斑。

铃木茧真正的模样如同受到核辐射变异的人形乌贼。纤长的触手上的溃烂正在飞速增加。清水初雅的爱慕者无意中合成的生物制剂对她来说是致命的毒药。她的精神力在溃散，无法再创造幻觉。

那身美丽的染血和服与皮囊一起轻飘飘地落在紫草丛上，如同被厌弃的旧衣。

铃木茧扑向洛生，想要尽快寄生到他的身体里，依靠他的生命力修复自己遇到的可怕损伤。

柳枝牢牢地抓住了铃木茧的一条触手，“别碰我的人——”

力量巨大的柳枝如同拔河一般将铃木茧拖着逐渐远离洛生。铃木茧被“烟雾”破坏的身体越发虚弱，她不甘心自己就这么成为柳枝的猎物，意识体宛如实质一般从她的头部脱出，包裹住洛生的头颅！

淡蓝色的乌贼光雾盘旋包裹着洛生，试图钻进他的脑部。就在这个瞬间，洛生睁开了双眼。同样淡蓝色的光以洛生为中心爆开，将铃木茧的意识体撕得粉碎！

世界静止。

大声呼唤着洛生的路易，惊骇担忧的清水初雅，都仿佛雕像一般停止了所有的动作。温泉池里原本沸腾的水变成了凝固的冰。

这淡蓝色的光甚至扩散并溢出老宅，将驾驶着船躲避一群茧族幼体的伯原智久等人也凝固在了时间的缝隙里。

原本前来支援直升机的螺旋桨也停止了运作。

所有的光都回落到洛生的身体里。凝固的一切恢复了运动。只是，随着铃木茧的死亡，湖里所有的茧族也跟着失去了生命。它们漂浮在湖中，渐渐发灰腐朽。

伯原智久绝处逢生，看着茫茫湖水，突然明白了一些自己不曾悟透的佛理。

湖的另一侧高高的树上，吉野弘树趴在那里，从狙击枪的瞄准镜里看着洛生。

“我还有孩子要养。对不起，我不能违背上面的命令。”吉野弘树低声地嘟囔。他似乎没有感觉到老宅的时间曾经停止。

他在一刻钟之前收到了特别调查局上层的密令，并被直升机送到了这处适合狙击的地点。密令要求他必须杀死柳枝，击伤洛生。

一颗特殊的狙击子弹从远处飞来，以每秒一千米的速度，瞬间就出现在了庭院之中。

不知道为什么，吉野弘树觉得自己被什么可怕的存在锁定了。

洛生的脑海里掠过无数记忆，他想起了数年之前在水乡河畔的那个午后。子弹飞到离他大约三米时停在了半空。

子弹极其缓慢地旋转着，抗拒着时间的阻力，如同想要逆着瀑布而上的鱼。

就在洛生想要和之前一样推开子弹的瞬间，子弹头释放出了许多淡蓝色的微粒，像雾气又像细雨。

洛生的能力领域瞬间失去了稳定。时间的流速在刹那间恢复了正常。电光火石之间，柳枝的手握住了子弹，子弹钻入她的手腕。它似乎能够腐蚀进化人的能力区域，令洛生控制时间流速的能力发生波动。

仿佛魔法一般，从子弹进入的位置，柳枝的身体开始岩石化，一如希腊神话里被美杜莎注视的凡人。

洛生握住柳枝的手，他的力量进入了柳枝的身体，却无法逆转柳枝的岩石化，只能减缓这可怕的变化。子弹里的物质似乎有针对进化人力量的抗性。

洛生第一次无比清晰地意识到，他会永远地失去柳枝——

这让他无比恐慌。以前的他莫名地笃定，即使他不在柳枝的身边，柳枝也能好好地生活。如今的他却感觉到他和柳枝之间无形的羁绊随时会断掉。

他缓缓抬起左手，他的指尖也在岩石化。如果两个人死在一起，也就是永不分离。

匆匆赶到的伯原智久脸色铁青，“曼德拉合金！”这种稀有的合金来自日本北海道发现的特殊陨石，是传说级的武器装备材料，用于对抗强大的异类，没想到却在此时用在了进化人的身上。

梨梨出现在了伯原智久的身边，“曼德拉合金？在极寒温度下，它似乎会暂时失去活性——”

伯原智久并不知道曼德拉合金的弱点。不过，在善见寺里各种姿势拍照的游客梨梨为什么会出现在这里？

梨梨冲了过去，“洛生，撤回你的力量，我来救柳枝——”她的手按在了柳枝的背部，柳枝岩石化的肢体部分在瞬间被冰雪覆盖。

伯原智久的助理小声嘀咕：“又一个进入日本境内不做任何申报的中国进化人……”

三天后。

洛生和柳枝走进机场。他们就像是来日本旅游的普通情侣，推着超重的行李，脚步轻快，归心似箭。

清水初雅和路易前来送行。清水初雅对柳枝万分不舍，但如今的她要申请特别通行证才能离境。她进行了繁杂的手续将自己的名字改回清水初雅，干净利落地卖掉了新生集团。当然，她私下里也调查了神秘买家的消息。果然老家伙们还指望着能从新生集团的实验室里找出一些令人恢复青春的药剂。

伯原智久一直没有出现。他似乎深受打击，打算结束兼职，回寺庙继承家业。吉野弘树在温泉村时就无声无息地死了。动手的人很可能就是伯原智久带来的某个属下。伯原智久清晰地认识到，日本的高层已经被异类渗透。

梨梨通过特殊的官方渠道和日本特别调查局进行了交涉，老家伙们不得不收回伸出的手，放任洛生和柳枝离开日本。

“柳枝，我们要保持联系，我还有许多心事要和你说。”清水初雅依依不舍。

柳枝点了点头。这几天，清水初雅通过关系找了不少奇奇怪怪的补品，让自己恢复能力。

路易的神情一言难尽。他没想到，自己的情敌居然是一个女人。柳枝妹妹又美又飒，是极强的竞争者。好在清水初雅小姐聘用了自己当她的私人助理，他觉得自己总有一天能获得女神的芳心。

洛生拍了拍路易的肩，“你保重。”

路易灰色的眼睛里是一抹真实的伤感，“你走了。我都不知道该去哪里找一个好压榨的新租客。”

人就像鸟，年轻的时候去某个地方度过几个春夏，以为会待很久，却在某个清晨收拾行李匆匆离开，也许只是因为思念记忆里的家乡。

洛生和柳枝乘坐的飞机在数小时后飞出了国境线。大海湛蓝，白云轻盈。东京发生的一切历历在目，又恍如隔世。

“柳枝，你是不是对我很失望过？”洛生问。柳枝濒死的那一刻，他已经想起了所有的人生，从千年之前的洛阳到如今的日本。他和柳枝如同灯塔水母，总是在死亡后一起进入新的循环，再度变成婴孩，经历新的人生。他的每一段人生或多或少都有柳枝的影子。柳枝记得每一段人生，而他会失去往昔的记忆。每一次，他都不记得柳枝曾是自己的妻子。洛生并没有告诉柳枝，如今的他已经完全恢复记忆，他想把这个秘密留到雨镇揭晓。

柳枝抬眼看洛生，“最开始很失望。后来觉得那也不是你的错。就是偶尔会寂寞吧。”

洛生小心翼翼地说，“我希望你以后都过得快乐。我们以后有分歧就讲道理，不要动手。”

柳枝似笑非笑，“我每次都手下留情。不然，你能活到现在？”她是羡慕洛生的。没有记忆的全新人生充满了憧憬和期待，而自己已经被漫长的记忆淹没，只能学会心如磐石。寻找他，等待他，变成了一种习惯。

洛生还要说什么，却被舷窗外的一幕吸引。他无法动弹，心中的悲恸如海啸一般涌出。

他看到了一轮长着幽蓝色鳞片的月亮，和千年之前他追逐过的蓝月亮一模一样。这些异类在千年之前来过，如今又再度出现。千年之前，洛生失去了亲友，死而复生，如今的他又要面临什么样的命运？这里不是异类的领地，这里属于人类。如今的人类可和千年以前不一样。

蓝月亮消失在天际，就像是晨间噩梦里的一抹幻影。

柳枝侧过头看到了洛生的眼神，心中一动。在洛阳外的洛村，她醒来时身边空无一人，四处寻找洛生，行走在荒野里看着断壁残垣，惶恐不安。有好几次，她见过蓝月亮。现在想来，那是一种异类文明的飞行器。她已经千年没有见过蓝月亮了。而如今的洛生似乎又看到了蓝月亮。

“所以，你记起所有的人生了吗？”柳枝笑盈盈地问洛生。

洛生迟缓地望向柳枝，心中惊惧不安，特别是发现柳枝握紧了拳头时，“我只是想把惊喜留到最后……可不可以不要打脸……”